メディアワークス文庫

サトリの花嫁
～旦那様と私の帝都謎解き診療録～

栗原ちひろ

目　次

覚えているのは、百日紅《さるすべり》。
じーわ、じーわ、じーわ。
アブラゼミの声がする。肌が炙《あぶ》られるみたいに暑い。
低木の枝の先、泡立つように真っ白な百日紅が咲いている。
誰かが歩いてくる。その人は百日紅の横で立ち止まって、うずくまる私を見下ろす。
そうして、言う。
「待っていてください」
——と。

第一話　奪われた花嫁

「蒼《あおい》っ、何ぼーっとしてんだい！」

「はいっ！　すみません、七緒《ななお》姐《ねえ》さん」

蒼は跳び上がるようにして我に返った。

楽屋は初秋でもひどく蒸す。ついついぼうっと昔のことを思い出してしまった。

蒼は毛羽だった畳に指を突き、深々と頭を下げる。そのおっとりとした丁寧な所作を見て、手品団の女、七緒は舌打ちをした。

「謝るときまでのろまだねぇ。早く、ドーラン！」

「はい、こちらに」

蒼は、さっと化粧道具箱からドーランを取り出す。ドーランとは、舞台用のおしろいだ。手品団の楽屋はせわしない。化粧に着付け、さらには手品の仕込みもある。雑用の自分は、出来る限り素早くしなくては。

そう思って急いだのに、七緒は嫌な顔をした。

「今日はやけに早いじゃないか。わざわざ準備してたのかい？」

「はい、その、化粧箱に細工をさせて頂いたんです。大道具係から木っ端をもらって、ちょいちょいと。こうして仕切りを作れば、整理がつきますでしょう……？」

蒼は化粧箱を女に見せる。七緒の言う通り、蒼は素早いほうではない。だから工夫をしたのだが、七緒はますます青筋を立てた。

「なんだい、賢《さか》しらに。あたしはこんな小細工を許しちゃいないよ！　生意気な！」

「！　……申し訳ありません、七緒姐さん。何もかも、私が悪うございました」

蒼はびっくりして深く頭を下げる。

七緒の邪魔にならないようにと工夫したのに、自分はどうしていつもこうなのか。

「ほんとだよ！　団長のお気に入りだからって、いつまでも無能のまんまじゃ捨てられるよっ！　電信柱みたいな体で、色気のひとつもないのにさ！」

七緒はますますいらいらと、手に持ったうちわで蒼の頭を叩《たた》いた。

「すみません、要領が悪いうえに、器量も悪くて……」

蒼はかすれた声を絞り出し、畳に額を擦《こす》り付《つ》け続ける。

蒼がこの『大吉手品団《だいきちてじなだん》』に拾われたのは、十二の歳《とし》。今から五年前のことだった。

おそらく生まれは悪くなかったのだろうと思う。思う、というのは、記憶が定かではないからだ。七歳より前を思い出そうとすると、何もかもが夢のようにぼやけてしまう。

にじんだ記憶の中から、ぽかり、ぽかりと浮かんでくるのは、広い庭でかくれ鬼をしたときのこと、大きな鯉《こい》に餌をやったこと、西洋風の店先のような場所で手習いをしていたこと。立派な着物を着たお父さま、たおやかに首をかしげたお母さま。

そして……百日紅《さるすべり》の根元で、声をかけられたこと。

百日紅の記憶に出てくるあのひとは、ずいぶんと品のいい、硬質な声をしていた。

けれど、それらはすべて失われたもの。七歳以降、蒼は無一文で親戚宅をたらい回しにされた。どこでも上手《うま》く行かなかったのは、きっと蒼がいけなかったのだろう。

親戚達はいつも言っていた。

『お前の目は本当に気持ちが悪いね』

『こんな仕打ちを受けるのは、全部お前のせいだ』

そう言い続けられたせいで、蒼は自分の目を鏡で見る勇気がなくなってしまった。

ただひたすらにうつむいて、ごめんなさい、申し訳ありません、私が悪うございました。繰り返しそう言っては目を逸《そ》らし、頭を下げ、少ない食事であらゆる家事をこなすのが、蒼にできた精一杯だった。

気持ちの悪い自分は、このまま働いて働いて、いずれ死ぬのだ。

諦めきっていた蒼だけれど、実際には十二歳の歳に親戚宅を飛び出すことになる。

『お前は本当に悪い子だ。わたしにこんなことをさせて』

親戚宅の主人が生臭い息を吐きながらのしかかってきたとき、蒼はとっさに彼を押しのけ、土砂降りの庭に駆けだした。逃げるなんて悪いことだと思ったが、頭の中がぐしゃぐしゃで、呼吸が詰まって死んでしまう気がした。

気付けば裸足《はだし》のまま駆けて、駆けて、駆けて。蒼は、街に出た。

時は明治。華やかに欧化した街の裏に未舗装の泥道が走る不思議な時代。

商家の軒先で呆然《ぼうぜん》と雨宿りをしていた蒼を拾ったのが、手品団の団長だ。

『ちょうどお前くらいの子どもを探してたんだ。手品のタネにならんかね？』

連れ帰られてから徐々に知ったことだけれど、団長の率いる『大吉手品団』はなかなかの人気を誇る手品団だった。日本古来の手品である手妻の技を守りつつ、西洋由来の手品を派手な演出で見せて大当たり。当時浅草《あさくさ》の外れの古い芝居小屋を買い取ったばかりだった団長は、蒼を住み込みの雑用から始めさせ、やがて演目を持たせるようになる。

あの雨の日からあっという間に時は過ぎ、今年で五年目。

蒼の目は相変わらず気持ちが悪いと言われるし、『電信柱』と言われるほど背も伸びてしまったが、こうしてまだ生き延びている。

「何をぼーっとしてんだい、蒼！　血糊《ちのり》はもう練ったのかい？」

七緒の叫びに、蒼は頭を下げたまま急いで答える。

「はい！　いつものところに、いつもの量用意してございます」

「いつものので足りるか！　今日から、倍ぶちまけるんだよ！」

「え……」

驚いて蒼は顔を上げた。そんな話は初めて聞いた。

七緒は蒼の顔を見ると、いきり立って怒鳴る。

「え、じゃない。ウチのだしもんは派手に、派手にで成功してきたんだ。なんだい、だのにてめぇは、いつも辛気くさくうつむきやがって。笑え！」

「はい……！　用意してまいります！」

蒼は反射的に、ぎこちない笑みを浮かべて立ち上がった。七緒の言うことはごもっともだ。みっともない自分が暗い顔をしていたら迷惑千万。せめて微笑《ほほえ》んでいなくては。

そのままばたばたと楽屋を出ると、聞こえよがしの声が追って来た。

「あーあ、あれじゃあの子、自分の化粧する時間はなさそうだねぇ」

「みっともない電信柱に化粧は要らないだろ。澄ました顔しやがって」

楽しそうな声、吐き捨てるような声、つまらなそうな声。

ちくちく胸は痛むけれど、何もかも仕方ない。手品団の皆は恩人なのだ。

大急ぎで廊下を突っ切って裏口へ出ようとすると、団長に出くわす。

「おや、蒼。まだ衣装じゃないのか」

「団長さん、すみません。血糊が普段通りの量しかなくて……」

蒼はまた深く頭を下げる。

西洋タキシード姿の団長は、太鼓腹をさすりながら蒼の全身を眺め回した。

「普段の量はあるんだろう？　だったらそれでいい。早く着替えなさい」

「は……はい。ありがとうございます」

蒼はうろたえながら、微笑みを浮かべて礼を言った。ここで団長の言う通りにしても、七緒の怒りはおさまるまい。団長の言う通りにして七緒の怒りを買うか、七緒の言う通りにして自分の衣装をなおざりにし、団長の怒りを買うか。

どちらへ進んでも地獄、という選択肢を前に、蒼は問いを投げた。

「あの。団長さん、七緒姐さんの演目って、なんでしたでしょうか」

「七緒か？　七緒は十字架はりつけ大復活の術だ。今回は思い切って胸をはだけて、そこをドスッと槍《やり》で刺すぞ。実にいい、実にショッキングだ！　ウケるぞぉ！」

団長はウキウキと槍を構える所作を見せる。十字架はりつけ大復活は、西洋手品を取り入れた大規模な手品だ。助手の負担はかなり大きい。槍で刺された振りをしたあと、素早く舞台裏を駆けて、少し離れた場所の箱の中に移動しなくてはならないのだから。

蒼はぐっと拳を握り、笑顔のまま懸命に言いつのった。

「七緒姐さん、お顔がむくんでいらしたし、目も赤くなっておられました。ひょっとしたら昨晩、たくさんお酒を召したのかも。可能でしたら演目を少し入れ替えたりして……」

「蒼」

「はい」

団長に呼ばれて、蒼は一生懸命笑みを深める。

ほとんど同時に、粗末な浴衣を着た胸の真ん中を、どん、と押された。

よろめいて、蒼は安普請の壁にぶつかる。その頭を団長が摑《つか》み、ぐいぐいと下を向かされる。団長はそのまま、蒼の耳元でうなった。

「誰が、泥まみれで泣いてる可哀想《かわいそう》なお前を拾ってやったか、覚えてるか?」

「だ、団長さん、です……」

震え上がって囁《ささや》き、蒼は必死にその場に這《は》いつくばった。土下座をして身を縮めても、団長の声は追ってくる。地を這うような暗い声で、彼は続ける。

「お前に仕事をやり、住むところをやり、食うものをやったのは?」

「団長さんです。あのときは本当に本当にありがとうございました……そのあとも、こんな不器量でのろまな蒼を養って頂いて、感謝しかありません」

自分を拾ってくれた親切な団長を怒らせるなんて、自分はなんて愚かで無能でみっともないんだろう。目の奥がかあっと熱くなるけれど、泣いたらまた辛気くさくなる。泣くな、泣くな、みっともない私。泣くくらいなら、笑え。それがせめてものご恩返しだ。

団長は瓢簞《ひょうたん》みたいな顔を真っ赤にしてしゃがみ込むと、蒼の形よい耳を摑んだ。

「本当に感謝しているなら、俺に命令するな!」

「命令だなんて、めっそうもない。考え無しで、申し訳ありません」

蒼は微笑みながら謝り続ける。団長は息を荒らげ、蒼の頭を壁に押しつけた。

「いいか？　お前みたいな気味の悪い女はな、江戸のころならあやかしだって言われて石つぶてを投げられて、橋の下に追いやられるようなもんだったんだ。今が明治の世だから、こうしてまともに働く女でいられる。そうだな？」

「はい。はい。本当に、本当にありがとうございます……」

蒼は必死に目を伏せ、団長を見ないようにしながら感謝の言葉を口にした。

団長はそんな蒼を凝視したのち、耳から乱暴に手を離す。

「七緒の演目は変えない。お前は自分の言葉で喋《しゃべ》るんじゃない。いいな？　もうすぐ嫁に行っちまうんだ。それまで俺に尽くし通せ。お前を拾ってやって、働かせてやって、旦那まで紹介してやった俺にな」

「はい。もちろんです、私なんかにお嫁入りのお世話までしてくださって、本当に、いくら感謝してもしたりないくらいです」

蒼が一生懸命笑って見せると、団長はふん、と鼻を鳴らし、足音も高く去って行く。

蒼は団長の姿を見送ったのち、しばらくそこにうずくまったまま動けなかった。

団長が言う通り、蒼にはもうすぐ結婚の予定がある。手品団に支援を約束してくれているお金持ちが相手だ。そんな人と結婚できるなんてしあわせだ。団長に恩返しができるのもしあわせだ。しあわせ。しあわせ。しあわせなことばっかり。

なのに、なぜだか胸の奥に重いものがあって、体がぴくりとも動かない。

蒼はぼんやりと、薄い壁の向こうで響く派手な呼び込みの声を聞く。

「よってらっしゃい、見てらっしゃい！　今日の演目は、美女を槍で一刺し！　果たして復活はなるのか？　西洋由来の復活大魔術と、おなじみの水芸、大魔術師のボール魔術、さらにはサトリの見術だよ！　東京《とうきょう》の土産話に、見ていかない手はないよ！」

◇

「あなたのお悩みは、娘さんのことですね」

蒼が言うと、女は血相を変えて身を乗り出した。

「なんでわかったんだい……！」

女の反応に、見物客たちからはどよめきが起こる。

どうにかこうにか身なりを整え、手品団の舞台に上がった蒼の出し物は、『サトリ』。

サトリとは、人の心を読む妖怪の名前だ。蒼の担当する出し物は、相手の心や過去を読む、というものなのだ。

舞台に上がった女の悩みを当てた途端に、芝居小屋には「不思議だねえ」「あやかしの術だよ」「本物かい？」などという声が飛び交う。蒼からすると不思議でもなんでもない。全部、見えるのだ。見ればわかる。そういう力が、蒼の目にはある。

幼いころから親戚に『気持ちが悪い』と言われてきたのも、おそらくはこの力のせいだったのだろう。超能力、読心術、テレパシイ。様々な呼び方があるけれど、団長は蒼の力を『サトリ』と名付けて、舞台上での演出方法を教えてくれた。

蒼は派手な化粧をした目を細め、蕩々《とうとう》と喋り出す。

「見えます。亡くなった娘さんはあなたの後悔ゆえに、あなたの側《そば》から離れられない」

「おお……！」

目の前の女は感極まった様子で口を覆った。

年の頃は四十前か。容貌はすっかり疲れ果てており、心はここにない様子。目の焦点は定まらず、いかにも何かを失ったひとの表情をしている。肌つやは悪く、吹き出物あり。呼気の匂いからしても胃腸が悪そうだ。そんなひとが手首に人毛を編み込んだ紐《ひも》を巻いているのだ、年頃の娘を亡くした母親だろうというのは想像に難くない。

蒼は素早い観察の結果と推理を、雰囲気たっぷりに語る。

「切っても切れない縁とはいえ、あの世は誰しもいつか行く場所。娘さんにはしばしあの世で待っていて頂いて、あなたは強く生きねばなりません」

教え込まれた物言いと、亜剌比亜《アラビア》風の奇妙な装束が蒼の言葉に信憑性《しんぴょうせい》を付け足す。さらに横には団長がたたずんで、肝心のところを盛り上げる。

「なんと！　『サトリ』がまたも、哀れなご婦人の悲劇を言い当てた！　ここには哀れな娘さんが、母を心配してさまよっておりますぞ！」

団長が怒鳴る横で、女がほろほろと涙を流すのを見て、蒼はほっと一息吐《つ》いた。

今日の客は目の前の女で三人目。見ればわかるとはいえ、『サトリ』の力を使うには気力も体力も使う。一度に三人は、今の蒼にとっては限界の人数だ。みっともない姿を観客にさらすのも苦痛だし、早く舞台袖に引っこみたい。

そんな蒼の気持ちも知らず、団長は囁きかけてくる。

「おい、蒼。もうひとり舞台に上げるぞ。身なりがいいから、おひねりをくれるかもしれん。嫁入り前に荒稼ぎしていけ」

「そう、ですか。ありがとうございます」

蒼は一瞬絶望で目の前が暗くなるのを感じ、必死に拳を握った。団長がやると言ったら、蒼の意思など関係ない。やるしかないのだ。蒼は手のひらに突き立てた爪の痛みで、最後の気力を振り絞る。その横で、団長は派手に声を上げている。

「さて！ 今日は特別にもうお一方、『サトリ』の見術をお試しいただけます。いかがでしょう？ 希望される方はいらっしゃいませんか？ そちらの立派な殿方は？」

客席の中でも身なりのいい二十代後半くらいの男を指さし、舞台に上げようとしている。団長は金持ちから搾り取りたいのかもしれないが、蒼は十代後半から三十くらいの男女を見るのは苦手だ。彼ら、彼女らの悩みは色恋沙汰が多い。まだ恋をしたことのない蒼には解決方法がわからず、上手く場を収められないことが多いのだ。

「では、頼もうか」

涼やかな声がして、男が座布団から身を起こす。

すっくと立ち上がったそのひとは、周囲がざわめくほどに長身だった。それこそ『電信柱』などと呼ばれそうな背丈だが、彼は見るからに品がいい。無地の着物と羽《は》織《おり》は織りも仕立ても素晴らしく、骨張って痩せた長身に美しく寄り添っている。

彼は音もなく舞台に上がると、蒼と向かい合わせで座った。

「では、お願いするよ」

「はい……では、拝見します」

仕方なく蒼は言い、赤い布をかけたテーブルから、目の前の男に視線を移す。

そのひとは——不思議なくらい、美しかった。蒼はびっくりして目に力をこめる。見間違いかとも思ったが、そうではない。目の前のひとは美しい。

それも、鷹《たか》や峻《しゅん》厳《げん》な山並みのような美しさだ。秀でた額にやや落ちくぼんだ眼窩《がんか》。目は切れ長で、芝居小屋のライトに照らされるとぎらりと光る。高い鼻の下には薄い唇が横たわり、失笑にも微笑みにもとれるものを含んでいた。

胸に染み入るような美しさに、蒼はじっと男を見つめる。

男も蒼を見つめる。

ばちん、と視線があう。

ほのかに青く澄んだ白目の真ん中で、蒼を見返すハシバミ色の瞳。

温かい色だが、見た感じはひどく冷たい。

この目は、なんだ？　この人は、何を考えている？　このひとは蒼を疑っているようで、好意を持っているようでもある。何かに苦しみ、悲しんでいるようで、すべてを笑っているようでもある。何もかもが不確かで疑わしい。

「おい、どうした、蒼！　間が持たんぞ」

団長が横から急《せ》かしてくるが、蒼は何も言えなかった。

蒼の背中に、たらり、と冷や汗が垂れる。

困った。どうしたらいいのかわからない。わからないが、視線を逸らすこともできない。このひとは一体どういうひとなのだろう。

知りたい、と思った。

蒼が誰かのことを心底知りたいと思うことは滅多にない。だって、知りたいと思う前に見えてしまうから。ひょっとしたら、他人を知りたいと思うのは、これが生まれて初めてなのかもしれない。

「わたしが誰だか、わかるかい」

男が声を発する。皮肉な響きを持った美声であった。

このひとに、からかわれている。不思議と嫌な感じはしない。

蒼は口を開いた。

「わかりません。わかるのは、あなたが病気だということだけです」

男の、役者みたいな形よい眉毛がぴくりと動く。

「なんということだ！『サトリ』はこの美丈夫が病だと見抜いた！」

団長の派手な叫びに、芝居小屋は再びどよめく。

「病気？」

首をかしげて、男が言う。蒼はうなずく。

「はい。今まで私が見たことのない病気です。一体何が悪いのか、どうしたら治るのか、私の手には余ります。どうか、一刻も早くお医者に行かれてください」

「この御仁は謎の病か⁉」

団長は叫びながら、いらいらした視線を蒼に投げてくる。

「……！」

その視線に、蒼は我に返った。病だと言うだけでは、これ以上場は盛り上がらない。いっそ嘘《うそ》の余命宣告をするか、この病気には因果があって、という話をでっちあげなくては。でも、なぜだろう。ちっとも嘘が浮かんでこない。困った。団長のためにも、手品団のためにも、立派に嘘をつき通さねばならないのに。

たらり、たらりと冷や汗が流れていく。

「ああ」

不意に男が声をあげる。なんだろう、と見ると、彼は不意に微笑んだ。

険しかった顔が穏やかにゆるみ、よく光る目が細められる。

「君は『サトリ』でもなんでもないな。ただ単に、非常に観察力に優れた女性だ」

「え……」

蒼は息を呑《の》んで凍り付いた。男は気にせず、身を乗り出して言う。

「ある程度は鍛錬もあるのだろうが、基本は天賦の才。いいかい？　君は、天才だ」

説得力のある美声が、よくわからないことを言っている。

天才？　誰が？　自分ではないはずだ。自分は気味が悪くて、みっともなくて、無能なだけの人間なのだ。だからこそ、ここでこうして嘘を吐き続け、団長たちに恩返しすることしかできないのだ。

蒼が返事をできずにいると、横から団長が口を出した。

「旦那、すみません。ここは『サトリ』ってことにしといていただかないと……」

「営業妨害だったか。すまない、すぐに終わるよ」

男は団長に素っ気なく言い、蒼に向き直る。

「いいかい、君。その眼《め》をもっと有効に使う方法を教えてあげよう。せっかく病を見抜けるのだから、もっとうまいこと相手を脅しつけなさい。脅して、金を巻き上げるんだ」

急な話に、蒼はぎょっとして声を取り戻した。

「そんな！　めっそうもない」

「思うより簡単な話だよ。偽薬でもお札でもいい、病に効きますと言って売ってやれ。効かないと言われたら追加で売りつけ、相手が死ぬのを待てばいい。儲《もう》かるぞ。こんな生活とはすぐにおさらばだ。なんならわたしで練習しなさい。さあ――」

「いたしません!!」

声を限りに、蒼は叫んだ。

しん、と静まり返った周囲に、自分の声が木霊する。

――やってしまった。蒼は真っ青になった。お客を怒鳴りつけるなんてあり得ない。

しかし、目の前の客の言うことは、もっとあり得なかったのだ。ひとを騙《だま》して得た金を握って、お世話になった手品団を出て行けだなんて! そんな恩知らずな真似《まね》ができると思われたのが、あまりに悲しい。自分はそんな真似をしたくて、客の病気を言い当てたわけではない。

蒼は普段の弱気を忘れ、震えながら強く拳を握った。

「わたしはひとを騙してまでお金は要りません。手品団を裏切る気もございません。ただ、生きてほしかったのです! 私は、あなたをお助けしたい。それだけなのです。もちろんわたしは無力です。あなたのような立派な方から見れば、地を這う虫と思われても仕方がございません。それでも私は、あなたをお助けしたいのです!」

言い終えると、ひどい緊張でめまいがする。

男は黙って蒼を見つめていた。その目からは相変わらず何も読めない。

「………」

彼はそのまま立ち上がると、あとは静かに舞台から下りていった。

客はざわめき、団長は適当にまくしたてる。

「おそろしきは『サトリ』の力！　どうぞお体にお気をつけください、旦那さま！」

客の背中が遠くなる。座布団に座った客達の間を通り抜け、真《ま》っ直《す》ぐに出口のほうへと向かって行く。その姿を見ているうちに、蒼は体が端から崩れていってしまうような気分になった。もうだめだ。自分はひどい失敗をした。

あのお客さんは、二度と小屋には来てくれないだろう。そのことが、悲しくて、悲しくて、まるでこの世の終わりのように感じられた。

◇

「……ただいま」

綿みたいに疲れた体をひきずり、蒼はたてつけの悪い襖《ふすま》を開ける。

公演が終わり、芝居小屋の二階にある自分の部屋に帰ってこられたのは真夜中だった。

それまではずっと不機嫌な団長に引きずり回され、昼間の不始末を説教されていたのだ。食事をする暇もなく、台所で喉を潤すので精一杯。疲労で今にも倒れそうになっていた蒼だが、自分の部屋を見ると一息つけた。

手品団の面々は近所の長屋住まいだが、団長に拾われた蒼ともう一人の子どもは芝居小屋に住んでいる。蒼の部屋は元は倉庫として使われていた四畳半だ。今は箪笥《たんす》が一さおと、文机《ふづくえ》、そして、本がある。本といっても一冊や二冊ではない。うずたかく積まれた本の山と山の間には、ほとんど布団を敷く隙間しかないくらい本が多い。

「待っててくれたのね、みんな」

蒼は山になった本の表紙をそうっと撫《な》でる。

ひとなで、ふたなでしているうちに、こわばった蒼の心はほんのかすかに和らいだ。

本はいい。本を読んでいる間、蒼は自分のみっともない体を抜け出して、別の世界に旅立つことができる。それは大昔の中国《ちゆうごく》であったり、遙《はる》か海の向こうの欧羅巴《ヨーロッパ》であったりもする。文字の不思議に触れるときもあれば、生物の神秘をのぞき見ることもある。

ここにある本はすべて、蒼が『栞《しおり》の君』と呼んでいる支援者から贈られたものだ。

『栞の君』は不思議な人物で、数年前、急に蒼に手紙を寄こしたのだ。

立派な使者に持たせてきた手紙の中身は、「好きなものを送る。ただし、現金はいけない」というもの。

心当たりのない蒼は戸惑ったが、使者は主人が誰だか明かさない。仕方がないので団長や手品団の面々が必要なものを募って頼んでみたが、「蒼が使うものでなければいけない」と却下されてしまう。苦肉の策で頼んだのが本だった。手品団に入る前からひらがなは読めたので、気晴らしになるだろうと思ったのだ。

結果として、琛の君は大層喜んだ。以降、「たまに感想の手紙を書くように」と言い添えて、高価な本を定期的に届けてくれる。団長たちは最初こそ蒼の本をこっそり売ろうとしたが、琛の君が近所の古本屋に根回しをしたらしく、買い取り拒否にあったそうだ。

蒼はこてんと本の間に寝転がった。

「読みたいな」

蒼はつぶやき、寝返りを打って目を閉じる。自室の電気をつけることは団長夫婦から禁じられているので、夜の読書は不可能だ。それでも、こうしているだけで心は安らぐ。

「……そうだ」

蒼はうっすらと目を開き、体を起こす。

そのまま部屋の隅の衣装櫃《いしょうびつ》を漁《あさ》り、手探りでたくさんの短冊を取り出した。蒼の支援者は、本に直筆の短冊を栞として挟んでくれる。蒼はこの栞が本と同等、ひょっとしたらそれ以上に楽しみだった。

「栞の君。わたし、今日も失敗してしまいました。団長に申し訳ありません」

蒼は小声で囁く。

手の中の栞は何も返してこないけれど、周囲の本はじっと蒼を見守っている。

栞の君が送ってくる本は易しいものから始まり、今では様々な教養をつけられる内容になっている。読めば読むほど、蒼は本の世界に夢中になった。

——けれど結婚してしまったら、この世界ともお別れだ。

「栞の君。私はもっと勉強して、団長や手品団や、旦那さまのお役に立ちたいのです。でも……私の旦那さまになる方は、嫁に学問は要らないのですって。結婚したら、本は整理するようおっしゃっています」

蒼は膝を抱え、栞に向かって囁きかける。

結婚相手の坂本《さかもと》は都内の裕福な雑貨商であるらしい。蒼の『サトリ』を見て、団長に結婚を持ちかけてくれたのだそうだ。結婚すれば金の心配はなくなるし、手品団への支援も約束してくれている。ならば結婚するのが手品団のため。

蒼は笑顔で嫁に行くつもりだが、本を整理しろと言われているのだけがつらい。

借り物、お古ばかりの蒼の持ち物の中で、本は唯一、彼女自身のものなのに。

「仕方ない、仕方ない……全部、仕方ない」

自分にそっと言い聞かせていると、ふわふわと眠気が湧き上がってきた。

眠気はあっという間に現実と夢の境を溶かしてしまう。目の前の本がぼやけて、周囲は畳の書斎に変わる。真ん中には立派な文机があって、誰かがいる。着物の後ろ姿。父だろうか。その人からは、石けんと消毒薬の匂いがする。

夢、夢だ。昔の、夢。何度も見る、昔の夢。

今日の夢はいつもより大分鮮明だった。蒼は夢の中で、小さな洋館を駆け回る。

山ほどの本と、薬棚と、銀色にきらめく盥《たらい》。白いレースのカーテンが揺れている。

窓の外で揺れる木々の枝。緑色に塗られた廊下。その向こうにいるのは――父と、母だ。

白い洋装をまとった父と母が、廊下の向こうで笑いながら手を振っている。

「父さま、母さま！」

蒼は夢中で手を振り、父と母に駆け寄ろうとする。

そのとき、猛烈な炎が周囲を包んだ。

「やめて、やめて、やめて……！」

蒼は必死に叫ぶ。火を、火を消さなければ。

だって、火の向こうで、まだ両親が手を振っている。生きて、手を振っている。笑って、手を振っている。

——あおい。あおい。

両親が私を呼んでいる。助けなければ。助けなければ。どうにかしなければ。

私が、無事な私が、助けなければ。今助けなければ、自分はひとりぼっちになってしまう。手を伸ばして、両親の手を摑まなければ。

そう思うのに、炎に巻かれた家には水などなくて。蒼には、何もできなくて。炎は無音で燃え続けて。両親は手を振り続けて、蒼の手は少しも両親に届かなくて。

両親の姿は、やがて——ふっつりと、消えた。

◇

翌日は手品団の休業日。団員たちは、なけなしの給金をばらまくために街に出た。

蒼はひとり、芝居小屋の家事を押しつけられて留守番である。

ならば落ちこんでいるのか、というと、そうでもない。

「いい天気」

蒼は劇場裏の物干し場で、干し終えた衣装を満足そうに見上げていた。

もとより外に出るのは気が引ける蒼だ。ひとりで雑用に打ち込めるのは嬉《うれ》しかったし、洗濯ついでに本の虫干しもできた。朝早くから頑張った結果、ささやかながら自由時間もできた。

「さあ、本を読みましょう」

本を並べたむしろの端に座りこみ、蒼はやっとのことで愛《いと》しい本を広げる。

洗濯物が落とす淡い影の下で本を開くと、明るさもちょうどよい。蒼はそっと目を細め、本に挟まれた栞に触れる。栞に書かれた文字は、以下のよう。

『前回の感想は素晴らしかった。あなたの知性は着実に育っている。この本はわたしも気に入っている。あなたも気に入ってくだされば何よりだ。困ったときには本を金に換えるのも構わない。だが一読はするように。知識はあなたを守る鎧《よろい》であり、剣でもある』

ぶっきらぼうなのに、優しさが隠せていない文章だ。気難しくも優しい篤志家の老人の文章ではないか、と蒼は思う。支援先を探しているうちに、偶然手品団の公演で蒼を見つけてくれたのかもしれない。そんなことを思いながら栞を読む蒼は、いつになく柔らかな笑みを浮かべていた。

蒼はしばらくにこにことしていたが、ふと視線を感じて顔を上げた。

「……ハチクマ？」

声をかければ、板塀の切れ目から顔を出していた子どもがびくりと震える。彼は一度隠れてから、もう一度おそるおそる顔を出す。

「どうしたの、ハチクマ。また顔が汚れてる。拭いてあげるから、おいでなさいな」

蒼が微笑んで手招きすると、ハチクマは小走りで駆けてきた。歳は十二だというけれど、見た目は十歳やそこらに見える、小柄で痩せぎすな少年だ。目ばかりが大きく丸っこく、いつも少しびっくりしたような顔をしている。

彼も蒼と同様、団長に拾われてきた子どもだ。軽業師として仕込まれている。元からとんでもなく身が軽くて目端が利くが、そのせいで無茶をさせられがちだ。手品団で唯一の年下でもあることから、蒼は彼を弟のように思っていた。

「今日は怪我《けが》はしていない？　お嫁入りまでは、できるかぎり守ってあげるからね」

蒼が姉のように手ぬぐいで顔を拭いてやると、ハチクマはぼそりと言った。

「あおい。坂本のおっさん」

「え」

蒼の手が一瞬止まる。婚約者の坂本が、どうしたというのだろう。

蒼がハチクマに問う前に、板塀の向こうから和装の男がやってきた。

「やあ、蒼さん」

「坂本さま」

蒼は慌てて立ち上がり、またまた深く頭を下げる。そんな蒼を、坂本は見下ろした。

「お久しぶりです。いやしかし、相変わらず大きくてみっともないですねえ」

「申し訳ございません、背丈だけは、どうにもなりませんで……」

ずきり、ずきりと心が痛み、蒼はにっこりと笑みを浮かべる。

出会い頭に高慢な高い声で蒼を侮辱してくるこの男が、団長が見つけてきた蒼の婚約者だ。坂本の歳は三十半ば。青白い顔は下膨れで、全体的にぶよぶよとした体をしている。腕組みして立つのと袖を直すのが癖で、垂れ下がった目にはあまり生気がなかった。

坂本は唇の端を引き上げて笑い、諭すような猫なで声を出す。

「本当にそう思っているんでしょうか？　あなたはいつもどこか傲慢でいけない」

「そう見えてしまうなら、私のどこかに傲慢さがあるのでしょう。改めます」

蒼は精一杯の誠意を込めて答えた。少々癖はあるが、坂本は自分の旦那さまになるひとなのだ。どうか少しでも自分を気に入ってもらいたい。蒼は心からそう思っている。

それなのに、坂本は急に怒鳴った。

「またそういう反抗的なことを言う！」

「っ……ど、どこが反抗的でしたでしょうか」

蒼が消え入りそうな声で囁くと、坂本はぐいぐいと近づいてくる。

「傲慢に見える、っていうところですよ。見える見えないの話じゃない、僕が傲慢だと言ったら、あなたは傲慢なんです。そういう気持ちでいなけりゃあならない！」

「は、はい、申し訳ありませんでした」

蒼は必死に頭を下げたが、坂本はそれでも気が済まなかったらしい。蒼が手にしていた本をもぎ取ると、イライラと鼻を鳴らす。

「大体何です、この本は。こんな本を読んでいるから、そんなに偉そうになってしまうんです！」

「それは……そう、でしょうか」

蒼の声は震え、正しい答えが喉に詰まった。そのとおりです、と言わねばならないのはわかっていた。わかっていたが、蒼にとって栞の君からもらった本は宝物だ。

そんな態度にいらついたのか、坂本は荒々しく本の頁《ページ》をめくった。

「なんです、これは」

坂本の手が止まったかと思うと、彼は挟み込まれていた栞をつまみ出す。

蒼はぎょっとした。坂本が持っているのは、栞の君が書いてくれた短冊だ。

「本を贈ってくださった方からのお手紙です。申し訳ございません、それは、それだけは返してください……私の大切なものなのです」

蒼は必死に訴えかけた。何度頭を下げても構わない。栞だけは返してもらわなくては。そう思ったのに、坂本は手の中の栞をぐしゃりと握りつぶす。

そうして蒼の薄い肩をつかむと、鬼の形相で怒鳴りつける。

「あなた……不貞を働きましたね⁉」

「不貞？　こんな私が、不貞ですか？」

驚きすぎて反論もできない蒼を、坂本は責め立てる。

「この筆跡は明らかに男じゃあないですか！　しかも、あなたを褒めちぎる文ばかり。明らかに下心がある。なんなら、とうに通じた女に宛てるような内容です！」

「めっそうもありません……これを書いた方とは、お会いしたこともないのです。実際にお会いしたなら、蒼のみっともなさも、気持ち悪さもご存じのはず。そうでないから褒めてくださるのです。きっとご年配の篤志家の方ですわ」

「ほら、年配だと知っているじゃないですか！　やはり会ったことがあるんだろう！」

怒鳴り続けているうちに、坂本の顔はどす黒く色がついていく。

尋常ではない様子に寒気を覚え、蒼は必死に首を横に振った。

「違います。本当に違うんです。私は何も知りません。信じてくださいませ、坂本さま。こんな蒼をお嫁にもらってくださる方は、ご親切な坂本さましかいらっしゃいません」

「は！　口だけ下手《したて》に出ておいて、にやにやと……本当にろくでもないあばずれだ！本当なら結婚など取りやめるところですが、僕はそこまで情のない男じゃない」

坂本は振り向くと、今度はハチクマを怒鳴りつける。

「おい、ガキ！　古本屋を呼んでこい！」

「はい！」

ハチクマは跳び上がるようにして返事をすると、即座に駆け出した。

坂本は肩で息をしながら、じろりと蒼を見つめる。

「いいですね。今までの不貞は見なかったふりをしてさしあげます。その代わり、そいつにもらったものはすべて処分ですよ。本は今すぐ売り払います」

息が詰まった。とっさに自分の喉を押さえながら、蒼はぎこちない笑みを浮かべる。

みっともなくないように、笑って、問いを投げる。

「ほんの少し、ほんの数冊だけでも残せませんか。それが駄目なら……栞だけでも」

そんな蒼に、坂本はどす黒い顔を近づけてきた。

「栞はみんな焼きます。そうしないと、僕は何をするかわからない。昔からカッとする性質なんです。このままじゃ、あなたの支援者を殺してしまうかもしれない」

「あ……」

蒼は、口の中で小さな悲鳴を上げた。

栞の君が、自分のせいで殺される。そんなことがあってはならない。絶対に駄目だ。

そんなことになったら世界の終わりだ。この世から希望がなくなってしまう。

「坂本さまっ……！」

蒼は必死に膝を突き、そのまま地面に額を擦り付けた。土の匂いがして、ふわりと脳裏に百日紅の記憶がよぎる。美しいものはすべて記憶の彼方《かなた》に去って行き、目の前にある現実はいつでもひたすらに残酷だ。

「申し訳ございません、坂本さま。すべて、坂本さまのよいように……」

「当然です。あなたは本当に未熟で、愚かで、不貞な許嫁《いいなずけ》だ！　二度と本など読まないと言いなさい！」

　坂本の罵声が頭上から降りかかってくる。蒼の唇はわずかに震えた。

　二度と本を読まない。この後の人生、ずっと、本に触れずに過ごすのか。栞の君の手を放すのか。そう思うと真っ暗闇に放りこまれたようで、心細さで息が止まりそうになる。

「二度と……二度、と……」

　それでも言わねば、と、思う。旦那さまは絶対。だから、言える。言えるはず。震える体を抱いて、震えを止めて。笑って、口を開いて、舌を動かして。

早く。早く。早く——。

「坂本の旦那」

　そのとき、軽く息を切らしたハチクマの声がした。ひとっ走りしてきたハチクマが戻ってきたのだ。板塀の向こうから、ひょいと古書店の店主も顔を出す。

「どうも、大谷《おおや》書店でございます！　ご用はこちらの旦那で？」

「ああ、わざわざありがとうございます。この本を処分したくてね」

坂本は愛想のいい顔で古書店の店主に向き直った。

「ははあ。こいつはこちらのお嬢さんのご本じゃないですか？　蒼さんのご本は、ご本人以外から買い取っちゃいけないってことになってるんですが」

店主は心配そうに蒼に視線を向けてくる。そんな目をされれば、胸の奥に希望が灯《とも》ってしまう。古本屋にすがって、本を持って行くなと言いたくなってしまう。

でも、できない。蒼にできるのは、笑って小首をかしげて言うこと。

「……私が、処分したいのです。この方と、結婚するので……」

「おやおや、そういうことなら、ええ。いいお値段をつけさせていただきますよ。ご祝儀代わりだ！」

店主はぱっと笑顔になってうなずいた。

それからはあれよあれよという間に話が進んで、虫干ししていた本すべて、さらに蒼の部屋に残っていたぶんもすべてが、古書店の大八車に積まれてしまう。黙っていることしかできない蒼の目の前で、栞の君の栞もすべてたき火にくべられた。

燃え残った栞の端が、花びらのようにひらりひらりと炎に舞う。

坂本は蒼の眼前で栞の燃えかすを踏みにじると、蒼の手から本の代金を奪い取った。

「これは婚礼準備の足しにしてあげましょう。財産のひとつもないあなただ、ちょうどよかったじゃないですか」

恩着せがましく言い、坂本は芝居小屋を去って行く。蒼は返事をすることもできず、ただただ栞の燃えかすをぼんやり眺めていた。

気付けば日が傾き、夜が来た。

団長夫婦はまだ帰らない。どこぞで飲んでいるのかもしれない。蒼はやっとのろのろと動き出し、洗濯物を取り込んで、自分の部屋に戻ってみた。

そこには、衣装櫃以外には何もなかった。

日に焼けた畳の真ん中にぐったりと倒れこみ、闇を見つめる。何もない闇は、自分のこれからの生活を暗示しているようだった。他愛のない手紙で不貞と言われては、夫以外の誰とも交流はできない。この闇に封じられて、坂本のもとで体を縮めて生きていく他はない。本という逃げ場すら失って、うつむいたまま生き続けるのだ……。

暗澹《あんたん》とした気持ちをひきずっているうちに、こんこん、とかすかな音が耳を打った。眼球だけをどうにか動かして見ると、襖の隙間に泥に汚れた顔がある。

「ハチクマ」

蒼が囁く。ハチクマは静かに襖を開き、近くまでにじり寄ってきた。

「これ」

つっけんどんに言って突き出してきたのは、本だ。

「え……？」

まさか、と思って体を起こした。何度見返してみても、本だ。

蒼は本を受け取りながらも、大層うろたえてハチクマと本を見比べた。

「まさかこれ、あなたが隠しておいてくれたの？　大丈夫なの、そんなことをして。坂本さまに知れたら大変なことになるわ」

「違う。今、本の旦那のお使いのひとが来たんだ。こいつを持って」

ハチクマは首を横に振り、小声で言う。

どくん、と心臓が音を立てた気がした。

栞の君の使者が、来てくれた。新しい本を、持ってきてくれた。

夢ではないのだろうか。あまりにも都合がいい話だ。蒼がどん底に落ちた瞬間を見ているかのように、栞の君は手を差し伸べてくれる。

でも、でも、駄目だ、駄目。

蒼はふわふわとした気持ちを振り捨てて、震える手で本を押し返す。

「ごめんなさいね、ハチクマ。受け取れないわ。坂本さまが怒るもの。栞の君にご迷惑がかかるかもしれない。使者の方がまだいらっしゃるなら、引き取ってもらって……」

「もう帰ったよ」

「そう。じゃあ、送り返すしかないわ」

蒼はうつむき、本を見つめる。ハチクマは、見つめてつぶやいた。

「……あんた、本と一緒だと、美人だね」

「え？」

蒼はびっくりしてハチクマを見たが、彼はもう階段に消えている。

「中に、栞があったよ」

最後にハチクマの声だけが、階段から聞こえた。

この本に栞が挟まっている。そう聞いてしまうと居てもたってもも居られなくなり、蒼はおそるおそる本に手を伸ばした。栞を見たら、すぐに送り返す。本の中身を読んだりしない。だから、せめて、ひと目だけ。最後の栞を、見させてください。

祈るような気持ちで硬い表紙をめくると、はっとするような紅色の見返し。そこに、真っ白な短冊が挟まっている。見慣れた知的な筆跡で書かれていたのは、一行。

『私の蒼い鳥、その籠から出たいかい？』

「ああ……」

深い深いため息と共に、うめくような声が出た。

どうして、と思う。どうしてそんなにも、欲しい言葉をくれるのだ。心の表面を固めていたものに、ぴきりと大きなヒビが入った気がする。駄目なのに、絶対にいけないのに、心のヒビから熱い気持ちがにじみ出す。

私だってあなたに会いたい。あなたに会って、心からお礼を言いたい。本の話をしたい。あなたの顔を見たい。栞の話をしたい。

あなたのためなら、なんでもしたい。

会いたい。会いたい。会いたい。

でも、会えない。

——もう、遅い。

蒼はぱたんと本を閉じると、気力体力を振り絞って立ち上がる。

衣装櫃を窓辺に引きずってくると、窓を押し開けて空を見上げた。幸い、今夜は大きな月が出ている。月明かりでどうにか文字が書けそうだ。蒼はなけなしの給金で買った紙と硯箱《すずりばこ》を櫃の上に出し、せっせと手紙を書き始めた。

蒼から支援者への接触方法はただひとつ。使者に手紙を出すことのみである。

この手紙に返事が来る頃には、蒼は坂本のもとへ嫁入りしているかもしれない。それでも、これだけは伝えておかねばならなかった。

『お手紙と本をありがとうございました。お会いしたいのはやまやまですが……』

蒼は精一杯の丁寧さで文字を綴《つづ》る。

結婚すること。坂本のこと。結婚相手が勉強を好まないため、本は売らざるを得ないし、二度と手紙も書けないこと。本が教えてくれた美しい世界と栞の君が、いかに自分を救ってくれたかということ。栞の君の今までの親切に本当に感謝していること。これからは本のことは忘れ、懸命に生きていくつもりであること。けして会うことはできないこと。

すべてを書き終えると、蒼は衣装櫃の奥に手紙と本を隠した。

明日の朝一番にハチクマに小遣いをやり、本と手紙を郵便局まで届けてもらおう。

そう思うと緊張の糸がふっつり切れ、蒼はみるみる眠りの国へ引きずり込まれていった。

眠りの国はひどく明るく、誰も彼もが楽しそうに声をあげて笑っている。

なんて素敵なんだろう、と周囲を見渡せば、辺りを照らしているのは炎であった。

かわいらしい洋館が燃えている。これはいつもの夢なのだ。ただの夢なのか、過去の記憶なのかわからない、不思議な夢。

洋館は燃えている。美しい金属の盥も燃えている。たくさんの本も、燃えている。

『おーい、蒼』

『蒼ちゃぁん』

ゆらめく炎の向こうから、優しい両親らしきひとの声がした。

『お父さま、お母さま、蒼はここです！』

今度こそ二人を助けられないものかと、蒼は炎に向かって呼びかける。

不思議と熱くない炎に着物を焦がされつつ、蒼は懸命に手を伸ばした。

『どうぞ、この手につかまってください。蒼がお助けいたします！』

叫んだ直後、炎の中から突き出た誰かの手が、蒼の手を摑みとる。

蒼ははっとして、その手を強く握り返した。骨張っていて指の長い、大きな手だ。

直感的に、父ではない、と思った。父ではないその人の手を、それでも蒼は力一杯引き上げようとする。が、蒼の力ではびくともしない。

冷たい手はしっかりと蒼の手を握りしめたまま、切実な美声で囁く。

『わたしは無力ですが、あなたをお助けしたいのです』

蒼はびっくりして目を瞠《みは》った。

私を助ける？

なぜ？

あなたは、誰？

問いは声にならないまま、蒼の意識は夢の奥深くに落ちていった。

◇

本を全部売られた日からおおよそひと月が過ぎ、秋はしんしんと深まった。

蒼が送った手紙には返事のひとつも来ないまま、本日は蒼の嫁入りの日である。

蒼の親代わりの手品団の面々は、朝からすっかり酔いどれていた。

「いやー、めでたい！　俺のおかげだぞぉ、蒼！」

芝居小屋の畳敷きの客席に作られた宴席で、団長が安い杯を掲げて怒鳴る。

飲んでいるのは団長と団員達ばかりで、蒼はさっきまで宴席の準備に奔走していた。

そのあとやっとよそゆきに着替えたのだが、これも七緒からの借り物だ。『サトリ』で儲けているはずの団長も、本代まで持って行った坂本も、蒼が坂本家に嫁ぐときの着物を仕立ててやろうという気にはならなかったらしい。

七緒は蒼を眺めてにやにや笑う。

「やっぱりあんたの背丈じゃあ、何を着てもみっともないね。とはいえ、いつものぼろで坂本さまのお家《うち》に行くわけにもいかないものねえ」

「そのとおりです、姐さん。お着物を、本当にありがとうございました」

蒼は微笑んで頭を下げたまま、着物の裾から出た自分のくるぶしをじっと見つめる。

そんな蒼を尻目に、団員達は聞こえよがしに金の話ばかりしていた。

「坂本さま、うちの団を支援してくれるっていう話だが、ありゃあほんとかね？」

「そのために蒼が嫁に行くんだろう。小屋の修理ができるといいね。二階の床のきしみっぷりときたら、道具を取りに行くたびひやひやする。そういや蒼が出て行くんだから、またあそこは倉庫に使えるんだよね？」

彼ら、彼女らが思うようになるといい、と、蒼は思う。

自分が結婚することで恩人たちがいい目を見るなら、蒼はそれを支えに生きていく。

両親はなく、親戚のもとからは逃げ、本は売られ、『栞の君』と会うことも断った今、蒼がすがるのは恩人への孝行しかないのだ。

蒼が団長たちに酌をして回っていると、やがてハチクマが駆けこんできた。

「坂本さま、来たよ！」

「なんちゅー言葉遣いだ、ハチクマ！　まあいい、そら、蒼、お出迎えだ！」

団長は慌てて立ち上がって蝶《ちょう》ネクタイを直す。蒼も急いで団長の一歩後ろへ控えた。

ほどなく、畳敷きの観客席に坂本が入ってくる。婚礼衣装というわけでもない、いつもの着物姿だ。左右に大柄な若者を従えている。

「坂本さま、お待ち申しておりました」

蒼はなるべくいつもの調子で言い、おっとりと頭を下げた。坂本は団長の前まで来て足を止めると、なんともいえない笑みを浮かべて蒼の全身を眺め回す。

「蒼、待たせたようですみませんでしたね。ちょっと役所に寄ってきまして」

「おお、婚姻届ですか？　段取りがいいですねえ」

団長は愛想笑いで手を揉《も》む。

坂本は顔に笑みを張り付けたまま、懐から紙ペラを出して団長に見せつけた。

「婚姻届じゃありませんよ。こいつをごらんなさい。この小屋が建ってる土地を僕が買い取ったっていう証書です」

「は？　この小屋を、坂本さまが？　いやいやいや、なんのことやら……？」

団長の笑顔が凍り、大きく頭が傾いていく。

団員達もざわめき始める中、坂本は蛇のような狡猾《こうかつ》な目をして宣言した。

「正確にはこのへん一帯をまるごと買わせてもらいました。ここは元々借地でしょう？　土地が僕のものになれば、上物は全部取り壊さなきゃあいけない決まりです。この小屋の跡には最新式の活動写真館を作る予定ですよ。申し訳ないが、あなた方には今すぐ出て行ってもらいます」

蒼はぽかんとして二人の会話を聞いていた。坂本がどうして手品団の芝居小屋を取り壊すのだろう。彼は、蒼さえ嫁げば、手品団に支援をすると言っていたはず。蒼は恩人の役に立てると思うからこそ、坂本のひどい仕打ちにも耐えてきたのだ。

団長はたらたらと冷や汗を流しつつ、坂本ににじり寄る。

「やめてくださいよ、坂本さま。あなたは蒼にご執心で、蒼を嫁に寄こすなら手品団を支援するっておっしゃったじゃあないですか。何度も飲みながら腹を割って話しましたよねぇ？」

「飲みましたとも。あなたは何度も何度も、僕の金でうわばみみたいに飲んでいきましたよねぇ。で、そのときにあなたが書いてくれた念書がこれです」

坂本は余裕たっぷりの笑みを浮かべ、団長に別の紙ペラをひらつかせた。坂本は、のたくる蛇みたいな文字を指さして言う。

「『大吉手品団は、ここを引っ越すことに同意する』とあるでしょう？　日付もあるし拇印《ぼいん》もある。あなたがこれを書いてくれたから、地主も安心して土地を売ってくれました」

「な、な、なな……」

つきつけられた念書を読んで、団長の顔は真っ赤になって、真っ青になった。団長の奥さんが団長の腕にかじりつき、鬼の形相になって団長を睨《にら》みつける。

「あんた、ほんとにこんなもん書いたのかい！」

「いや、まったく、まったく覚えがない、こ、こんなものは無効だ……！」

団長は必死に首を横に振るが、坂本は素早く念書を畳んでおつきの男に持たせた。

「無効だろうがなんだろうが、地主が売買に同意したんだから関係ありゃしませんよ。さ、とっとと荷物をまとめて出て行くんだな！」

坂本が言い放つと、うろたえた団員たちから「話が違う」「公演はどうなるよ」「うちのケツ持ちが黙っちゃいないぜ！」などと声が上がる。

カタギならばひるんでしまいそうなものだが、坂本は堂々としたものだ。あげく、おつきの男達が楽しそうに袖をまくって見せると、そこには立派な龍や桜の墨が入っている。その方面も味方につけているとなれば、団員たちは黙るしかない。

「――蒼さん」

蒼はまだまだぽかんとしていたが、坂本にねばっこい声で呼ばれて我に返る。

「はい」

震えて足下を見ていると、坂本が近づいてきて手首をつかんだ。

青白い顔がぐい、と近づけられ、耳を舐《な》めるようにして言葉が注がれる。

「たった今言って聞かせたとおりですよ。あなたとの結婚話は、団長に念書を書かせるためのダシでした。だけどね、結婚は反故《ほご》にしないでおいてあげます」

「え……？」

意外すぎる言葉に、蒼はとっさに坂本の顔を見た。その顔は欲でぎらついている。

欲、欲、すべて欲だ。金も、土地も、女も、あらゆるものを手に入れて好き勝手振り回したい。なんならそのままめちゃくちゃにして、壊してしまいたい。そんな残酷な顔だった。

このひとはこんな顔をしていたのか、と蒼は愕然《がくぜん》とした。

蒼は『サトリ』なのに、坂本の顔をはっきり見たのはこれが最初だ。結婚前に気味悪がられるのが嫌すぎて、なるべくうつむいていたせいだ。そのせいで、このひとの本性に気付けなかった。

坂本は狡猾に目を細め、蒼に告げる。

「あなたはみっともない女だが、サトリの見世物自体は悪くありませんよ。今度は僕の活動写真館の前座として同じことをやってくださいね。上手くできれば、夜もそれなりにかわいがってあげましょう」

なんと答えたらよかったのだろう。蒼は呼吸も忘れて固まっていた。背筋を蛇に這われたような気持ちで、もはやこわばる自分の体を抱きしめることしかできない。

一方で、団員たちの間には不穏な空気が流れ始める。

「ってことは、蒼だけ助かって、俺たちは失業か？」

「蒼ッ……！　あたしたちが拾ってやった恩を忘れたのかい⁉」

呪うように叫んだのは、団長の奥さんだ。蒼は、ひっと息を呑む。

恩を忘れてなんかいない。自分だけ上手くやろうなんて思った試しは、今までで一度もなかった。自分は団長のために、手品団のために、結婚するつもりだったのだ。

団員は蒼だけが助かって、と言うが、蒼は全然助かっていない。こんな欲まみれの男につかまって働かされて、団員達には恨まれて。せめて団員に恩返しできればと思っていたのに、それすらも反故にされてしまった。

自分がいけないのだろうか。坂本の悪意に気付けなかった自分がいけないのだろうか。うつむいていた自分がいけないのだろうか。でも、うつむいていなければ気味が悪いと言われてしまう。どうしたらよかったのだろうか。わからない。

もうだめだ。もう、どうしようもない。これ以上は耐えられない。

頭の中がぐちゃぐちゃになって、蒼の世界がゆがむ。

もはや微笑む余裕もなくて、真っ白な頰に、ぼろり、と涙がこぼれた。

──そのとき。

こんこん、と、硬質な音がする。

さして大きな音ではなかったが、客のいない芝居小屋にはよく響いた。

蒼はおそるおそる音のほうを見た。芝居小屋の暖簾《のれん》の側に、ひとりの男がいる。

西洋人か、と思った者も多かっただろう。それだけ彼の洋装は完璧だった。着姿の美しい漆黒のスーツに女物の帯を使ったような花柄のベスト、広い肩にはトンビコートをひらりとかけて、片手には西洋風の杖《つえ》を持っている。

おそらくはその杖でもって、柱をこんこんと叩いてみせたのだ。

「あなたは……」

頰に涙をたれ流しながらも、蒼はつぶやく。

鋭い瞳がすっと蒼のもとへ導かれ、男は声をかけてくれた。

「お久しぶりだね、『サトリ』のお嬢さん」

聞くだけで震え上がるような美声は、かつてこの小屋の舞台上で聞いたもの。『サトリ』の蒼が、唯一真意を見抜けなかった男の声だ。

男は客席を突っ切って大股で歩きながら、よく響く声で続ける。

「この辺一帯の土地は、わたしが買い戻す」

「何……？」

坂本が愕然とつぶやいた。

男はとっとと坂本の前を素通りし、蒼の目の前まで来て、やっと止まった。

男は相変わらず何も読めない目をしていたけれど、以前にも増して美しく見える。

長身の蒼より頭半分以上高いその姿は、洋装をまとうと匂い立つような華やかさを醸し出す。近くに立つとはっきりわかった。このひとは蒼などには手の届かないひとだ。

最高級の舶来ものを当然のように身にまとい、あらゆる所作が自信たっぷり。蒼が出会ったこともない偉いひとたちとしか付き合わないのだろう。生きる世界が違うひと。

そんな彼の鋭い瞳は、蒼を見つめるとふわりと融《と》けた。

「ただし、わたしの蒼い鳥が、そう願うなら」

「……！」

蒼は息を呑みこんで、その場に凍りつく。

蒼い鳥。最後の栞に書かれていた言葉。

それを知っているのは、蒼と、もうひとり。栞の君だけだ。

「あなた……あなた、は」

絞り出した声は震えていた。声だけではない。全身も、抑えようもなく震えた。

男は——栞の君は、そんな蒼の背に手を回して支えてくれる。紳士的な所作だった。

「大丈夫かい？　震えているね」

「大丈夫、です——すみません、急でしたから……。あの、申し訳ございません。私、こんなにみっともなくて」

いざ栞の君に己の姿をさらしていると思うと、居てもたってもいられない。しかし、栞の君は少しも動じなかった。

「何がみっともない？　謝るべきはわたしのほうだ。縁あって君を支援していたが、体調のこともあってなかなか会えなかった。長いことすまなかったね。寂しかったかい？」

「寂しく、など……」

ない、と答えようとしたのに、蒼の目には一気に涙が盛り上がる。

問われたせいで、胸に封じ込めていたものが堰《せき》を切ってあふれたのだ。

寂しい、悲しい、悔しい、そして、嬉しい……あなたに会えて、あなたと話せて、びっくりするほど嬉しい。この場で跳び上がって、周り中に触れ回りたいくらいだ。

栞の君は、本当にこの世にいらっしゃる殿方だったの。思っていたようなご老人ではなくて、途方もなく美しい方なの。私に、こんな私に、会いに来てくださったの。

「可哀想に。もうこんな思いはしなくていい」

栞の君は囁き、そっと蒼を抱きしめる。蒼の体はびくりと震えたが、抵抗する暇はなかった。蒼を抱く腕にはしっかりとした力があって、けれど少しも不躾《ぶしつけ》ではなくて、ただひたすらに父のような、兄のような、穏やかな熱をくれる。

「ひっく……」

もったいない、と言って離れるべきなのはわかっているのに、体が思うように動かない。こぼれる涙すら止められず、蒼はせめて嗚咽《おえつ》をかみ殺す。

そんな二人にしびれを切らしたのだろう、坂本が後ろから蒼の肩をつかんで引き寄せた。よろめく蒼の肩に指をめりこませ、唾を飛ばしてまくしたてる。

「貴様、黙って聞いていれば無礼千万！　蒼も土地も、お前なんぞには渡さんぞ！　蒼とは今日これから結婚するし、土地はすでに僕のものだ。僕が好きに値段をつける！」

「今日これからならば間に合ってよかった。この結婚は取りやめです。さ、どうぞ」

栞の君はあくまで穏やかに言い返し、内ポケットから小切手帳を取り出した。

「これは、どういうつもりだ……？」

顔を引きつらせる坂本に、栞の君は平然と言い放つ。

「土地の代金です。お好きな値段を書いて結構。万年筆も必要ですか？」

あまりの堂々とした栞の君の振る舞いに、団員達はざわめき始めた。

ここは浅草、今は芸能の中心は銀座《ぎんざ》に移ったとはいえ、歓楽街には違いない。周辺の土地をまるごと買おうとすれば半端な値段ではないはずだ。それを言い値で買うようなことを言う、不思議なほど品がいい男。明らかに坂本とは格が違う。

坂本は顔色を赤黒く変え、小切手帳を叩き落とした。

「貴様……舐めた真似をしてんじゃねぇぞ！　こんなハッタリ打ってまで蒼が欲しいのか？　そりゃあ蒼は滅多にいねぇ美形だが、俺が先に唾をつけてんだ！」

余裕がなくなった坂本は、もはや口調を取り繕うこともできないようだ。

「ふむ。男の嫉妬は醜いな」

栞の君は困ったように笑って、自分の顎をさする。

できない生徒を見るような態度に、坂本はさらにいきり立った。

「おい！　ちょいとこの紳士に、浅草の流儀を教え込んでやれ！」

口から泡を噴かんばかりの勢いで怒鳴ると、やくざ者たちが下卑た笑いで前に出る。

ひとりが大きく腕を振りかぶると、栞の君に殴りかかった。

「おらぁ！」

ひら、と、トンビコートの裾が翻り、やくざ者は大いによろめく。

——避けられた、と、やくざ者にわかったのかどうか。

蒼には見えた。栞の君はトンビコートをひらめかせるのと同時に、流れるように身を避けたのだ。さらに、素早くステッキをやくざ者の脇腹に叩きこむ。

「ぐうぅ……！」

急所を強く突かれ、やくざ者はぐるんと白目をむいた。

「てめぇ！」

仲間がやられたことで、もうひとりのやくざ者も血相を変える。両手を広げ、栞の君に組み付こうとした。やくざ者と栞の君、身長はほぼ同じくらい。やくざ者は自分を大きく見せようと胸を張っているが、栞の君は不思議なくらい脱力している。

それなのに、視線は鋭く相手を射貫《いぬ》いていた。

直後、やくざ者が思いきり床に叩き付けられる。栞の君は体を沈めて相手の攻撃をかわし、そのまま投げ飛ばしたのだ。倒れたやくざ者の喉もとには、きれいに栞の君のかかとがめりこむ。

「けほっ、げはっ、ごふっ！」

まともに呼吸が出来なくなったやくざ者が、のたうちながら泡を噴く。足下で起きていることは醜く騒がしいのに、栞の君のあまりにも無駄のない動きは舞踏のようだ。信じられない光景に、団員達はみっともなく口を開けて見入っている。

「………！」

蒼も圧倒されてぼうっとしていたが、不意に緊張で総毛立った。

「栞の君……！」

「ま、待て、蒼！　どこへ行くんだ⁉」

慌てる坂本の手を振り切って、蒼は一目散に栞の君に駆け寄った。

「ご無事ですか、栞の君。ご無理をなさったのでは？　お顔色が悪いです……！」

蒼は彼の名を呼び、その長身を支えようとする。見下ろしてくる栞の君の顔色は、怖いくらいに真っ白だ。

「栞の君……わたしのこと、かい？」

不調にかすれる声で囁き、栞の君は蒼の肩に腕を回した。その腕をしっかりとつかみ、蒼は栞の君を見上げる。

「はい。あの、私にすがってください。すぐにお医者を呼びます」

「医者か……間に合うかな」

栞の君がつぶやいたかと思うと、蒼の肩にかかる重みがぐんと増える。

蒼はとっさに踏ん張った。重い……けれど、この身長の男性にしては、軽いほうだ。

やはりこの方は体が悪い。蒼は肩にかかった重みをどうにか支え、できる限りゆっくり、栞の君を床に寝かせた。

「や、やっぱりそいつもやられてたんじゃねえか！　驚かせやがって……」

坂本はどこか嬉しそうだが、栞の君はやくざ者にやられたわけではない。蒼にはよくわかっている。このひとはもともと体が悪かったのだ。それなのに、立ち回りをしてくれた。おそらくは、蒼を助けるために――。

「待っていらしてください！　お医者さま、間に合わせます！」

蒼はぐっと涙をこらえて立ち上がろうとするが、栞の君の指が袖を掴んでくる。

慌てて座り直すと、彼は真っ白な唇で囁いた。

「……内ポケット」

「内ポケット？　ひょっとして……お薬があるのでしょうか？　そうですね？」

蒼が言われた通りに栞の君の内ポケットを探ると、濃い茶色のガラス瓶が出てきた。目の前にかざして見せると、栞の君は薄く目を開いてうなずいてくれる。もはや声を発するのも難しいのか。一刻の猶予もない状況とみて、蒼は大急ぎで小瓶を開ける。

「一錠？　二錠です？　二錠ですね？」

必死に確認し、薄い唇に薬をねじこんだ。指先に触れた栞の君の唇は、ひどく乾いている。水だ。水がいる。蒼は顔を上げ、精一杯の声を上げる。

「お水を！　誰か、どうぞ、お水をください！」

団員達は戸惑ったように視線を投げ合うが、誰一人動かない。いつも一緒の楽屋を使っていた女たちも、同じ台所で食事をしていた男たちも。もどかしいが、そんなものだろうとも思う。彼らとは結局、家族になることができなかった。

自分が行くしかない、と蒼が立ち上がったとき、少年の声が響いた。

「蒼、お水！」

息を切らせてみんなの間から飛び出してきたのは、ハチクマだ。

「ハチクマ……！　ありがとう！」

蒼は心から礼を言い、ハチクマから水入りの椀《わん》を受け取る。漆のはげかけた椀を栞の君の唇に押しつけると、透明な水が乾いた唇を湿していった。あふれた水が唇の横からこぼれ落ち、青白い肌を伝ってぱりっとした白いシャツの襟を濡《ぬ》らすのが見える。

飲んで、と思う。飲み込むという動作は案外力を使う。どうにか飲んでほしい。

蒼はひたすら、祈るような気持ちで見守る。永遠とも思える数秒間が流れていく。

やがて、こくりと喉が鳴った。

蒼はほうっと息を吐いて、なおも栞の君の顔色を観察する。

その視界がふっと暗くなった。ちらと見上げれば、すぐ傍らに坂本が立っている。

坂本はさっきよりは落ち着いた様子だが、顔にはまだ醜い怒りが残っているようだ。

「蒼。さっきの妙に手慣れた立ち回りを見たでしょう。そいつはろくな奴じゃありません。最近増えてきた詐欺師の類いに違いないですよ。早くこっちへいらっしゃい」

坂本の手が差し伸べられる。坂本にしては優しげな態度だ。

だが、その手を取る気にはまったくなれない。

「栞の君は……そんな方では、ありません」

蒼は小さな声で、それでも坂本の目をしっかりと見て言う。途端に心臓がドキドキとうるさい音を立て始めた。

今、自分は初めて、はっきりと坂本に反抗した。

坂本もそれに気付いたのだろう、歯ぎしりせんばかりの勢いで聞き返してくる。

「なんですって？　じゃあどんな方だっていうんです。わかるっていうんなら言ってみなさい！　あなたはサトリなんでしょう？　その男の正体も見抜けるはずでしょうが！」

「それは、わかりません。わかりませんが……」

わからないが、それでも、蒼は栞の君の側を離れることはできない。

「……蒼」

そのとき、かすれた声が蒼の名を呼んだ。栞の君だ。

蒼は慌てて栞の君を見た。まだ顔色は真っ白だ。蒼は必死に聞く。

「栞の君。お具合は」

「見なさい……蒼」

「見る……？　あなたを、でしょうか？　申し訳ありません、あなたのことだけは、あなたの病だけは、私には、見えないのです……」

蒼が泣きそうになって答えると、栞の君はうっすらと笑った。

続いて深い息を吐くと、ゆるゆると栞の君の顔に血の気が戻ってくる。ふいごで窯に火が入るかのように、徐々に、徐々に、彼は生き返り始める。

ほんの少しだけ力を取り戻した栞の君の声が、蒼に語りかけた。

「わたしではない。あの男を、見なさい」

蒼ははっとして、坂本のほうを振り返る。

坂本は鼻息荒く突っ立っている。ぐい、と睨まれると、蒼は反射的に視線を逸らしそうになる。するとすかさず、栞の君が手を握ってくれた。大きくて、骨張っていて、ひんやりとした手だった。どこか、懐かしいような手だった。

栞の君はのろのろと上半身を起こし、蒼の手を握ったまま囁きかけてくる。

「あなたの力は妖しげなものではない。いずれ世界を救う力だ。あなたは正しい。わたしが許す。あの男をごらん、蒼。あなたにはもう、見えているはずだ。奴の正体が」

「栞の君……」

蒼は驚いて栞の君を見つめる。蒼の『サトリ』の力をそんなふうに言ってくれるひとなんて、生まれて初めて出会った。栞の君は、なおも続ける。

「君はその力で自分を救うことができる。だから、あの男をごらん。そして、見えたものをそのまま、語ってみせるがいい。君のために――わたしのために」

何がなんだかわからないまま、その声にどんと背中を押された気がした。

蒼はゆるりと坂本を見ると、己の目に力を込めた。

ずっとはっきり見なかった自分の許嫁を、見た。

初めて、本気で。全力で、見た。

途端に膨大な量の情報が押し寄せてくる。顔色、肌つや、呼吸、汗の量、におい、毛の生え方、所作、体の均衡、爪の色、肌の色、白目の色、血管の浮き具合、癖、立ち方、筋肉の付き具合、手足の大きさ、視線の行く先、表情の作り方、人間のすべて。

今までとは段違いの情報が蒼の全身に押し寄せてきて、蒼はあえぐ。

そのあとは、言葉が勝手にあふれ出してきた。

「坂本さま、あなたはたまに足を引きずっておられます。最初は怪我かとも思いましたが、いつまで経《た》っても治る気配はありません。むしろ痛む時期が増えている。となればこれは病でありましょう。息も甘ったるく、顔色もどこか黄色い。そういう方は肝臓が悪いのだと、本で読んだことがあります。おそらくはお酒を召し上がりすぎているのでは」

「なんだと？」

坂本はぎょっとした様子で蒼を見返す。目の色がひどく動揺している。図星を突かれたのだ。そのうえ、無知で気弱だと思った蒼に本当のことを言われておののいている。

蒼は無意識のうちに栞の君の手を強く握り、さらに続けた。

「それと、あなたはひと月ほど前から腕をかばいますね。そこにお怪我があるのでしょう。右腕にふたつ、左腕にひとつ。完治してはいるがまだ痛む。傷の入り方からして、どなたかの恨みを買って斬りつけられ、それを腕でかばい、刃物を奪って、そして――」

「止《よ》せ!!」

坂本が今までにない大声で叫び、だっ、と蒼に向かって走り出した。

ほとんど同時に、ひゅう、という口笛の音がする。

「その目、一生見えないようにしてやる！」

坂本が怒鳴り、蒼に飛びかかる。

「っ……！」

蒼は押し倒され、勢いよく床に頭を打った。

直後、ばさばさっと強い翼の音がしたかと思うと、坂本の叫びが響き渡る。

「ぎゃあああ！　なんだ？　よせっ！」

坂本がのけぞり、蒼の上からよたよた離れる。蒼はどうにか体を起こし、坂本を見た。

「なに……鳥？」

坂本の頭に大きな鳥が取り付き、目をえぐり出そうと嘴《くちばし》で攻撃を続けているのだ。

「鷹だ。名前は、ハヤテという」

栞の君の声がして、そっと肩を支えられる。

見上げると、そこに栞の君がいた。相変わらず落ち着き払った表情で、自分が倒れたことも、目の前でひとが鷹に襲われていることも、大して気にしてはいないようだ。

「栞の君。このままでは、坂本さまが……」

蒼がおずおずと言うと、栞の君は面白そうに蒼を見下ろす。

「あいつはあなたの目を潰そうとした。目を取られても仕方ないと思うが」

「まさか……！　私の目はこうして無事です。ですからどうか、そんな残酷なことをなさらないでください。あなたは、こんなことで血に汚れていい方ではありません！」

蒼は必死に訴える。この美しいひとが汚れるのは嫌だし、美しい鷹が汚れるのも嫌だ。栞の君は蒼が知る限りで一番優しく、一番美しいひとだから。

「……そう」

栞の君はふと微笑むと、再び鋭い口笛を吹く。鷹は素早く反応し、坂本の頭を蹴って飛び立った。そのまま芝居小屋内を旋回すると、吸いこまれるように栞の君の肩にとまる。

一方の坂本はというと、頭からたらたらと血をこぼして立ち上がろうとしている。その背後に、坂本が連れてきたやくざ者たちが近づいてきた。彼らは、先ほどとは打って変わって神妙な顔だ。

「おま、お前ら、あいつを！　あいつらを、殺せ……！」

坂本は叫ぶが、やくざ者たちはなぜか坂本を挟み込んで話を始める。

「それはちょいと置いといて、話をしようじゃないですか、坂本さん」

「あんた、その腕の傷はどこでついた？　最近ウチの親分の娘さんが、刃傷《にんじょう》沙汰で顔に酷《ひど》い傷を作ってなあ。相手の名前はけして言わねえって言うんだが……街のもんから、逃げていく男の両腕に怪我があった、ってぇ話は聞いてんだ」

坂本はぎょっとした様子で、やくざ者二人を見比べる。

「そんな話は知りませんよ。僕は浅草が拠点だ、駒込《こまごめ》には寄りついてもいない！」

「ほうほう、駒込ねえ。娘さんが住んでるのは駒込なんですよ。よくご存じで」

やくざ者に震え上がるような殺気に満ちた声を出され、坂本はぶるりと震え上がった。さっきまで坂本の手下のようにふるまっていたやくざ者たちだが、所詮坂本とは金だけの関係だったのだろう。坂本が親分の娘に手を出したとなれば、やくざ者たちは坂本をただでは済ますまい。

「あ、あ、あ……」

もはやまともに喋ることすらできなくなった坂本を、やくざ者のひとりが引っ立てていく。残ったひとりは、栞の君の前に立って深く頭を下げた。

「どこの紳士か存じ上げませんが、誠に失礼しやした。坂本はうちの身内ってほどでもない、酒癖のわりぃ成金《なりきん》ですが……今回のことは後ほど、よぉく言って聞かせますんで」

栞の君はやくざ者にも一切動じず、穏やかに笑って内ポケットから名刺を取り出す。

「頼んだよ。わたしはこういう者だ。土地は後日正式にわたしが買い取る」

「はい。はっ……これはこれは……」

名刺を見るなりやくざ者の顔は神妙になり、そのあとは米つきバッタみたいに頭を下げ続けながら去って行った。そこにはどんな名前が書いてあったのだろう。のぞき見るのも無礼だろうから、蒼は好奇心を抑えて、栞の君をじっと見つめて待っている。

栞の君はそんな彼女を見下ろすと、優しく囁いた。

「蒼。言った通りだろう？　あなたの目のおかげで、すべてが上手くいった」

「まさか！　それもこれも、栞の君のおかげです……！」

蒼はびっくりして言い、懸命に首を横に振る。栞の君は嬉しそうに目を細めた。

「その呼び名はあまりにもくすぐったいな。わたしの本名は城《じょうが》ヶ崎宗一《さきそういち》という」

「城ヶ崎、宗一さま」

口の中で繰り返すと、栞の君こと宗一は、ゆっくりとうなずく。

「ああ。見ての通り病がちで、有能な住み込み看護婦を探している男だ」

いきなりなんの話だろうか、と蒼が思っていると、宗一は面白そうに破顔した。

「わからなかったかい？　縁談がおじゃんになったあなたに、わたしの看護をお願いしたいのだ」

「え……私が、城ヶ崎さまを、住み込みで看護するのですか⁉」

呆気《あっけ》にとられて大きな声を出してしまう。はっとしてうつむこうとしたが、宗一はそれを許さなかった。蒼の手を丁寧に握りしめ、顔をのぞきこんでくる。

「駄目かね？　わたしの不調をひとめで見抜いたのはあなただけだ。あなたには看護の才能がある。これを今までの不義理の埋め合わせと言ってはなんだが、衣食住で苦労はさせないし、暇な時間はうちで好きな本を読めばいい」

美しい顔を至近距離で見てしまい、蒼はかあっと体の芯が熱くなるのを感じる。

宗一の側に居られるのは嬉しい。勉強を続けられるのも嬉しい。だが、何もかもがあまりにも急だ。自分に看護の才能がある自信がない。

「本気でおっしゃっておられるのですか……？　私はどこの馬の骨ともわかりませんし、このように、見るからにみっともない女です」

しどろもどろで言いつのると、宗一は少々皮肉げに片方の眉を上げた。

「わたしの目には、あなたの美しさは充分に見えている。あなたは嘘吐《うそつ》きなのかな？」

「そんな、嘘のつもりはまったくございません！」

「そうか。ならばただの意地悪か？　わたしは見ての通りの病人だ。早急に看護をしてほしいのに、『みっともないから』なんて理由で断るのは非情じゃないか」

「それは……」

蒼は言い返そうとして、ふと黙りこんだ。

ひょっとしたら栞の君は、元から看護婦候補として自分に支援をしていたのではないか。身の回りの世話をさせるために知識をつけさせ、蒼が悪人かどうかを判断し、合格だったから迎えに来てくれたのではないか。そのために手品団の土地を買い直してくれるのは驚きだが、お金持ちの感覚はそういうものなのかもしれない。

蒼が神妙な顔で考えこんでいると、宗一と肩のハヤテが一緒に首をかしげる。

その様子がちょっと可愛《かわい》くて、蒼は思わず表情を緩めてしまった。

緩んだついでに体の力も抜けて、芝居小屋の床に座り直す。

「承知いたしました。城ヶ崎さまのおっしゃる通りです。こんなにして頂いたのですから、私は一生あなたに従います。どんなことでも致しますので、その代わり、どうか、手品団にも多少のご支援をいただけましたら……」

蒼が額を床にすりつけて言うと、周囲の手品団の面々が、ほう、と安堵《あんど》の息を吐く。

宗一はそんな蒼を見下ろして、どんな顔をしたのだろう。

「……君というひとは」

という小さなつぶやきだけが落ちてきた。蒼はまだ頭を上げず、客席の畳に額をすりつけながら続ける。

「私は納屋でも倉庫でも、布団を敷く場所だけお貸しくだされば大丈夫です。食事もあまりとりません。ですからどうか、どうか、恩人への孝行をさせてくださいませ」

蒼の言葉には少しも嘘が感じられなかった。

そこにあったのは、ただひたすらの献身だった。

最初はやれやれと胸をなで下ろしていただけだった手品団の面々も、そんな蒼を見ているると段々と決まりの悪い顔になる。団長の奥さんと団長は手を取り合ってほろほろと涙をこぼし、七緒も忌々しそうに鼻を鳴らしながら目を潤ませている。

鼻をすすり上げる音が満ちた空間に、やがて宗一の美声が響く。

「うちに、あなたを泊めるほど立派な納屋はないな。蒼、どうか、顔を上げて」

言われるままに、蒼はおそるおそる顔を上げる。ちょうど高窓から光が落ちて、宗一の輪郭がぼんやりと光っているのが見えた。

――百日紅、と、蒼は思う。遠い過去の記憶。

百日紅の根元で誰かを見上げたときを思い出す。自分はうずくまり、相手は困ったような目で自分を見下ろし、手を差し伸べてくれるのだ。

宗一もまた、蒼に手を伸べて立たせてくれる。

彼は立ち上がった蒼を見つめて、はっきりと言う。

「気が変わった。あなたは、わたしの妻になりたまえ」

「はい……？」

蒼はとっさに何を言われているのかわからず、きょとんとして首をかしげた。

宗一は、蒼の手をぎゅっと握り直して、いたずらっぽく微笑む。

「わたしが死ぬまでのわずかな間に、あなたに幸福というものを教えてあげる。あなたには、それが必要だ」

不思議だ。このひとは何を言っているのだろう。

言葉は耳に入っているのだが、脳は理解を拒否している。だって、こんな素晴らしいひとが、自分を嫁にとるとは思えない。きっと何かの聞き間違い。もしくは夢だ。

夢。夢。遠い夢。

蒼は何度も、何度も自分に言い聞かせた。

それでも、心がざわめくのは止められない。

風が吹く。蒼の心の中に風が吹く。

縮こまっていたものが緩み、心がほんのり熱を持つ。

自分が、自分の人生が、どうしようもなく変わってしまう。

そんな予感と共に、蒼はただただ宗一の顔を見上げて、立ちつくしていたのだった。

第二話　花嫁衣装の祟《たた》り

「奥さま、ですか」

「聞き返すとはお前らしくないね、榊《さかき》」

宗一《そういち》は穏やかに言い、榊の淹《い》れた茶の湯飲みをテーブルに置いた。

榊、と呼ばれた男の使用人は、宗一に深々と頭を下げる。

「申し訳ございません。今後はこの榊、城ヶ崎《じょうがさき》家の奥さまにも、心よりの忠誠を誓わせていただきます。どうぞよろしくお願いいたします、奥さま」

「その、どうぞ、よろしくお願いいたします……」

蒼《あおい》は居心地悪く頭を下げた。本当ならば床に這《は》いつくばりたいところだが、足下に敷かれているのは見るからに高級そうな青色の絨毯《じゅうたん》だ。触れるほうが申し訳ないのかも、と思って、蒼は椅子の上で固まっていた。

城ヶ崎宗一。蒼に結婚を告げた彼がどんな人間かは、ひとめ見た瞬間から薄々分かっていた。育ちがよく、資産家で、ひょっとしたら華族かもしれない。

　果たして、その予測は全て当たった。

着の身着のままの蒼が連れてこられた城ヶ崎家の屋敷《やしき》は、予想をはるかに超える規模であった。東京《とうきょう》の中心部からは少々離れ、ここは飛鳥山《あすかやま》の紅葉も鮮やかな王子《おうじ》の一角。なだらかな丘陵地帯にこんもり繁《しげ》った森に囲まれ、美しい和洋折衷の庭園が広がっている。西洋庭園の向こうに堂々たる洋館がたたずむさまはまさに英吉利《イギリス》の本で見た挿絵そのものだし、裏手には純和風の屋敷も併設されているという豪華ぶりだ。

　生まれて初めて乗った自動車を降りたときから、蒼は言葉が喉に詰まってしまい、宗一に付き従うことしかできなくなってしまった。これまた立派な屋敷門をくぐると、しずしずと使用人たちが現れる。その数ざっと十人ほど。

　その筆頭が目の前に居る男、榊であった。

「婚儀につきましては、できうる限りの手順を踏んでまいりましょう。蒼さまは天涯孤独とのこと。親族代理を頼む方もいらっしゃらないようでしたら、城ヶ崎家だけで話を進めさせていただきます。まずは親戚の皆様方に一報を入れますが……」

　てきぱきと話す榊は、年の頃は宗一と同じ二十代後半か、半ばくらいなのだろう。宗一よりがっしりとした体に地味な黒の洋装をまとい、半分白くなった黒髪をきちんと後ろへなでつけている。片目を眼帯で覆っているところを見るに、顔と頭に傷を負ったと見える。白髪もおそらくそのせいだ。

「なるべく手続きは省略したい。老人たちが怒らないように上手《うま》くやってくれ」

宗一は当然のように、とんでもないことを言う。

本当に私などと結婚する気だ、と気付き、蒼は目の前が暗くなった。

結婚。最初はさっぱり頭に入らなかったその言葉が、どんどん重くのしかかる。

蒼と宗一、榊の三人が居る部屋は、宗一の言うところの居間だ。『家族のための部屋だからくつろいで』と言われたが、室内は黒と紫を基調にした最新の和洋折衷。畳の上に敷かれた絨毯も、繊細な文様を彫り抜いた黒檀《こくたん》にガラスを置いた食卓も、紫色の布を張った黒檀の椅子も、何もかもが見たことがないくらい高価そうだ。

看護婦ならばともかく、自分がこんなところの嫁になるのは無理がある。

一呼吸ごとにそう思ってくらくらするし、榊も内心はそう思っていると思う。

宗一の無茶な要求に、榊は少し躊躇《ためら》ってから言う。

「最善を尽くすお約束はいたします。まずは蒼さまと同年代のお嬢さまたちから攻略をいたしましょう」

「任せよう」

浅くうなずいて言い、宗一は頬杖《ほおづえ》をついて蒼を見つめる。

蒼は慌てて視線を落とし、必死に食卓の上を睨《にら》んだ。卓上の湯飲みも信じられないくらい薄く作られており、萩草《はぎくさ》とトンボが品良く描かれている。

「では……」

榊が口を開くが、宗一は蒼に声をかけた。

「蒼は、その茶碗《ちゃわん》が気に入ったのかい」

「はい？」

驚いて顔を上げると、宗一は楽しそうに蒼を見ている。

話を遮られた榊のほうは、無表情ながらどこか不機嫌そうだ。

私より先に榊さんの相手をしてくれないかしら、と思いつつ、蒼は小さくなって言う。

「大変美しい茶碗だと思っておりました。絵付けが繊細で……」

「では、婚礼のために同じ窯元に作らせようか。絵柄は蒼い鳥にして」

「作らせる？　え？　お茶碗をですか？」

蒼はオウム返しに繰り返す。部屋の隅にしつらえられた、宮殿みたいに豪華な檻《おり》の中で、宗一のハヤテが「ケェッ」と短く鳴いた。宗一はにこにこと榊を見上げる。

「ハヤテも賛成だそうだ」

榊はあらゆる感情を押し殺した様子で、淡々と言う。

「ハヤテは腹が減っているのだと思います。茶碗の件は申しつかりました。では、急ぎ根回しを致しますので、失礼いたします」

会釈したのち、榊は足早に去って行く。

「あいつはあれで、何事もどうにかするんだ。蒼も何かあったら頼りなさい」

宗一は榊の背中を見送りながら、のんびりと言う。蒼はおそるおそる切り出した。

「……あの、城ヶ崎さま」

「宗一と呼ぶように。あなたはわたしの妻になるのだからね」

真面目ぶって言われ、蒼は朱で染め上げたかのように赤くなる。

「そ、その件なのですが……さすがにご冗談でおっしゃっているのでしょう？ 私はあなたの妻になれるような人間ではございません。榊さんも心配しておられるようですし、根回しとやらを始める前に、この女はただの看護婦だとおっしゃっていただいて……」

「言ったはずだよ。君のことは看護婦ではなく、妻にする、と」

宗一は静かに言い切り、湯飲みを取って一口飲んだ。その美しい所作も、きっぱりとした言いようも、少しも嘘《うそ》らしくない。このひとは本当のことを言っている。

それがわかるからこそ、蒼はひどく混乱した。

「けれど、私と宗一さんでは、まったく釣り合っておりません……！」

精一杯強く主張する。湯飲みに落ちていた宗一の物憂げな視線が、ゆるりと蒼の上に定まる。落ち着いた視線なのに真《ま》っ直《す》ぐ貫かれたような気持ちになって、蒼はびくりとした。

「ならば、釣り合うようになりなさい」

「釣り合う、ように……？」

呆気《あっけ》にとられて繰り返す。

宗一は穏やかに笑み崩れ、冗談めかした口調になる。

「仕方がないだろう、あなたは看護婦だったら納屋で寝るなんて言い出すんだから。奥方ならばきちんとした部屋に住み、わたしに甘やかされてくれるはずだ。結婚しよう」

「そんな理由なのですか？　私のようなものを甘やかすだなんて、どうかしていらっしゃいます……！」

「楽しみだな、甘やかしたあなたから何が咲くのか」

宗一は目を細めて言い、小さく咳《せ》き込む。

嫌な咳《せき》の音だ。蒼ははっとして腰を浮かせた。

そのまま宗一の様子をじっとうかがっていると、彼は疲労した視線を投げてくる。

「……安心しなさい、結婚なんて、形だけのものだから」

「形だけ……」

「そう。わたしはね、洋行帰りの宗一が若い看護婦を侍《はべ》らせている、愛人ではないのか、なんて言われるのが面倒なのだよ」

「……なるほど、そういうことなのですね……」

蒼はつぶやき、おとなしく座り直した。宗一に悪評が立たないためと言われれば、それも仕方がないような気がしてくる。とはいえ、使用人たちには真実を周知してほしいものだが……。

宗一は軽く息を整えると、蒼に向き直る。

「わたしの病だが、これは病名どころか原因も不明の奇妙なものでね」

蒼は真剣な面持ちで宗一の話を聞いた。

明治のこの時代、日本の医療は漢方と蘭方《らんぽう》から独逸《ドイツ》風に舵《かじ》を切っている最中である。

医学校で様々な西洋医師たちが教鞭《きょうべん》を執り、最先端の医療技術を伝える一方で、地方には原因不明の風土病がはびこり、結核や赤痢など、様々な伝染病も猛威を振るっていた。

謎の病と言われればおびえるほうが普通だったが、蒼は自分など生きようが死のうがどうでもよい。自分を助けてくれた宗一だけが大事だから、病など怖くはない。

「お医者さまにはかかられたのですか？」

蒼は膝の上できゅっと拳を作って聞く。

「ああ。だが病名がつかなかった。症状を抑えるには、知り合いの漢方医に作ってもらった薬を呑《の》むしかない。――君には、薬のありかを教えておこう」

宗一は物憂げに言い、どことなく疲れたような視線を蒼に向けた。

「またわたしが倒れたら、あなたはわたしに薬を与えてもいいし……与えなくてもいい」

「でも、その薬なしでは病状が悪化してしまうのでしょう？」

おそるおそる聞くと、宗一はあっさりと答える。

「そうだね。遠からず死ぬだろう。だからあなたは、わたしの遺産が欲しくなったら、わたしに薬を与えなければいいんだよ」

「宗一さま！」

蒼は目をまんまるにして、思わず立ち上がる。

冗談ならよかったが、そうでないことは見ればわかった。彼は倦《う》んでいる。病人特有の生への執着と生への倦みが、等量ずつせめぎ合っているのがよくわかる。

蒼は足下から寒気が上ってくるのを感じた。

「あなたは、この世で唯一の、私の味方を殺せとおっしゃるのですか……？」

やっとのことで絞り出した声は、震えていた。

宗一が蒼を見つめ、つぶやく。

「蒼」

驚いたような声音。その直後、宗一は心をぴたりと閉ざしてしまった。

閉ざした心の上に、いつもの穏やかで余裕のある微笑が載る。

「こちらへおいで」

宗一が手招いている。蒼は躊躇いつつも、食卓を避けて宗一の側《そば》へと歩いて行く。

宗一が手を伸べるので、蒼はその手におそるおそる自分の手を重ねた。宗一は蒼の手をしっかりと握ると、静かに言う。

「蒼、すまなかったね。わたしはできるかぎり、あなたのために生きよう」

私のために。私なんかのために。

とっさにおびえて否定したくもなるが、だが、そんな理由でも、宗一が生きてくれるのなら、いいのかもしれない。蒼は乾いてしまった唇を、薄く開く。

「私などで、宗一さまのお役に立つなら。私、ここにおります」

蒼は囁《ささや》き、繋《つな》いだままだった宗一の手を、ぎゅっと握り直した。

宗一の手は、ほっとする。

握るだけで守られているような気持ちになれて、心がゆるむ。

けれど、この気持ちにぼんやりと身を任せていてはいけない、ともどこかで思う。

今までだってそうだった。少しでも気を抜いたなら、きっとどんでん返しがくるのだ。

◇

——実際、蒼の予測は正しかった。

蒼が思う以上に城ヶ崎家は名家であり、使用人たちも、親戚筋も、こんなにも唐突な婚姻を歓迎はしなかったのだ。

「あらまあ、蒼さん。そんなこともご存じなかったの？」

蒼が宗一の屋敷にやってきて、七日後。

親戚のお嬢さんである美花《みか》に大きな声を出され、蒼はびくりとした。

「はい、その……」

「城ヶ崎家はね、元より新政府側について大変な武勲を上げたのだけれど、その後も立派なお仕事で国のお役に立っているのよ。宗一兄さまは長いこと欧羅巴《ヨーロッパ》に留学していらして、一族の中でも特に異国の文化や言葉に明るくていらっしゃるの！」

美花は蒼が聞いたことの十倍、百倍のことをぺらぺらと喋《しゃべ》り、城ヶ崎家の簞笥《たんす》部屋を勝手に歩き回る。蒼は途方に暮れて城ヶ崎家の使用人のほうを見やるが、年配の女性使用人は蒼の視線を水のように無視してしまう。

さて、困ってしまった。

どうしてこんなことになったのかというと、榊の気遣いが原因だ。

『蒼さまには、同年代のお嬢さま方から学ぶことが多そうですので』

と言って、榊が屋敷に親戚筋のお嬢さまたちを集めて茶会を開いたのである。

宗一は『そういうことなら、わたしが邪魔をしてはいけないね』と言って自室に引っこんでしまったし、榊は宗一のいないところではツンとして無口だし、蒼がひとりでお嬢さま方をもてなさなくてはならなくなった。

さらに気になるのは、蒼につきっきりになっている美花の態度だ。

「宗一兄さま、元からお母さまに似て生まれつきお美しかったけれど、留学から帰られてひときわ色気が増したと思うわ。蒼さん、あなたもそこを好きになったんでしょう?」

美花はお嬢さまとは思えないあけすけな言い方をして、にっこり笑って見せる。

美花は江戸の浮世絵そのもののような瓜実顔《うりざねがお》の美少女だ。背丈もちょうど皆が愛らしいと言うくらいで、蒼にとっては羨ましい限りである。年は蒼より二歳ほど若いと聞いた。

そんな少女から寝耳に水の話をされて、蒼は慌ててしまう。

「まさか、私から好きになるだなんて、もったいない……!」

「え? まさかあなた……宗一兄さまのことが、好きじゃないの?」

途端に美花の声が低くなる。蒼はびくりと震えた。

「申し訳ありません! もちろん、宗一さまのことは敬愛しております。本当に素晴らしい方です、こんな私にもお優しいですし……」

必死に言葉を重ねてみるが、美花はまだいらだたしい様子だ。

「そんなことはとっくのとうに存じております。従姉妹《いとこ》の私のほうが、昔から宗一兄さまとお会いしていますもの！」

これは謝罪が足りなかったと判断し、蒼はぱっとその場に正座した。慣れきった所作で頭を下げて、畳に額を擦《こす》り付《つ》ける。

「はい。出過ぎたことを申しました、美花さま」

「あらあらちょっと、やめなさいよ。宗一さまの奥さまを這いつくばらせたなんて、私が鬼みたいに思われるじゃないの。それに私は目下なのだから、美花さんって呼びなさい」

美花は蒼の土下座に気付くと大慌てして、どうにか蒼を立たせようとする。

蒼はしぶしぶ立ち上がりながら、誠心誠意で言葉を重ねた。

「美花さま……美花さんは、鬼なんかじゃありません。私のような者とお話ししてくださるのだから、神さまのような方です。私、宗一さまにそのように申し上げるつもりです」

「まあ、まあ……。本気なの？　なんだか調子の狂う方だこと」

美花は戸惑った様子だが、宗一の名を出されるとまんざらでもないようだ。

照れたような顔でくるりと蒼に背を向け、立派な衣装簞笥の引き出しを開ける。古い絹の香りがやんわりと漂い、美花はころりと華やいだ声を出した。

「――蒼さん、見つけましたわ。宗一さまのおばあさまの振り袖よ！ 着てごらんなさいな。おばあさまはとっても背が高くていらしたから、蒼さんにちょうどいいはずよ？」

言われて見れば、引き出しの中には半ば包みがとかれた着物があった。美花はそれ以上着物に手を触れようとはしないで、蒼に笑顔を向けている。

これは、蒼に手ずから着物を取れというのだろうか。自分も後ずさりしたい気持ちをどうにかねじ伏せ、蒼はおそるおそる包みを取り出した。

「ずっしりと重い……とてもいいもののようですし、勝手に出してはいけないのでは？」

「あなたは宗一兄さまの奥方になるんですもの、いいのよ。さっ、早く開けて！」

美花は妙に興奮した笑みで言う。よほどこの着物が見たいのだろうか？

「はい……」

蒼は躊躇いながらも、うながされるままに包みをといた。途端に息を呑むような細工があらわになって、蒼は目を瞠《みは》る。吸いこまれそうなほどに黒い布地に重厚な鶴亀の刺繡《ししゅう》。さらに金糸銀糸で光や波があしらわれた、華やかで格式高い慶事柄だ。

「素晴らしいお着物ですね。婚礼衣装でしょうか？」

思わず感嘆の吐息が漏れる。こんな衣装を着てお嫁に来た宗一の祖母というのはさぞや身分のあったひとなのだろう。驚くと共に納得もする。城ヶ崎家はそういう家なのだ。自分などでは一生釣り合うはずもない、やんごとなき一族。

「そうだと聞いているわ。さあさ、蒼さん、脱いで脱いで！　着てみましょうよ。婚礼衣装だもの、きっと似合うわ！」

「え？　あ、でも……」

「でもではないわよ、急いで！」

美花は蒼に躊躇う暇も与えずに急《せ》き立てて、豪奢《ごうしゃ》な婚礼衣装に着替えさせてしまった。そのまま蒼を姿見の前まで引っ張って行き、美花はしみじみと感心した声を出す。

「すごい。本当に似合うわ、あなた」

「ご冗談を……。こんな着物、私にはもったいないです、本当に」

蒼は深くうつむいたまま、顔を上げる勇気を出せない。鏡を見てしまったら、重厚な着物にはとても似合わない自分の軽薄さが映っていそうだ。

美花はそんな蒼を眺め、怪訝《けげん》そうに問う。

「さっきから思っていたけれど、あなたって全然自分の顔を見ないのね。どうして？」

「はい。私、ひどくみっともないので……できれば、こうしていられましたら」

「みっともない？　嫌味？」

「……？」

どういう意味だろう、と思っていると、美花は蒼の手を取った。

「……まあいいわ。さ、みんなにお披露目しましょう」

「みんな？　まさか、お集まりの親戚の皆様に、この姿を？」

「当然よ！」

美花はぐいぐいと蒼の手を引いて、中庭へと向かう。

蒼はうろたえながらも美花についていく。美花の細い腕を振り払うのは簡単そうだが、宗一の従姉妹にそんなことはできない……と思って、蒼はふと、違和感を覚えた。

美花は白い手袋をしている。いつからだろう？　初対面の挨拶のときはしていなかった。なにせ、妙にやぼったい手袋なのだ。なんの装飾もなければ、生地も分厚い。和装の美花には似合わない。下賤《げせん》の女には素手で触れたくないのかしら、と思えば、さすがに蒼の胸もずきりと痛む。

そうこうしているうちに、二人の視界は開けた。開け放たれた障子の向こうに、手入れの整った日本庭園が広がっている。紅葉が燃えるような赤に染まる下で、色とりどりの和装に身を包んだお嬢さんたちが笑いさざめく。

「あら、蒼さん」

夢のような景色だな、と思っていると、庭園からぱらぱらと視線が集まってきた。みっともない自分を、みんなが見ている。きらびやかな着物を着た、電信柱を。

蒼は慌ててうつむいて、そっと息を詰める。耐えるのだ。耐えれば、終わる。

耐えて、耐えて、耐えて……。

しばらくは、誰も喋らなかった。

そして。

「き、きゃあああああああああ！」

沈黙をやぶったのは、派手な悲鳴だ。

「え……」

蒼が驚いて顔を上げる。いくらなんでも、叫ばれるほどだっただろうか。

見れば、お嬢さんたちはちりぢりに逃げていく。

「これは、一体？　私、何かしてしまいましたでしょうか？」

蒼が真っ青になって振り返ると、美花はがらりと表情を変えていた。さきほどまでの育ちのいいお嬢さんと同一人物とは思えないような、鬼気迫った笑みで蒼を見つめる。

「あら、皆さんおびえてしまったようねぇ。城ヶ崎家に入りこんできた泥棒猫がおぞましいのかしら？　それとも、その着物のせいかしら？」

「着物……」

「そういえばそのお着物には言い伝えがあるのよ。袖を通した者が、みーんな死んでしまう、っていう、呪いの言い伝え！」

美花の叫びに、後ろに控えていた年配の女性使用人がびくりと震える。それはそうだろう、そんな強烈な呪いの振り袖が目の前にあると知ったら、大抵の人間はおびえる。

が、蒼は少し不思議そうな顔になった。

「私よりも、着物におびえていらっしゃる……？」

美花はそんな蒼を見て、きゅっと眉根を寄せる。

「何よ、あなた。ひょっとして、呪いなんてどうでもいいと思ってる？」

「あ、いいえ！　ただ、少しびっくりしただけです。てっきり私がみっともないせいだと思いましたから。呪いはもちろん怖いです。でも、私だけが死ぬのなら、そこまで問題はないのではないかと……」

　蒼はおどおどと言い返す。ところがそんな考えは美花にはなかったようで、真っ赤になってだんだんと地団駄を踏み始めた。

「問題はないってどういうこと？　莫迦《ばか》にしないでよ、もっとおびえなさいよ、泣きわめきなさいよ！　私の宗一兄さまを盗んだ女は、呪われて死んだらいいのよっ！」

　子どものような取り乱し方に、蒼はうろたえて言う。

「美花さん。私なんかのためにそんなことをおっしゃらないでください。あなたのお口が穢《けが》れます。そもそも、私なんかが宗一さんを盗めるわけがありません。本当は……」

「――どうしたんだい、この騒ぎは」

　蒼の言葉を遮って、耳元でかすれた美声が響く。はっとして振り返れば、視線の先には蒼の肩に手を置いた宗一がいた。

　宗一さま、と呼ぼうとして、蒼は声を呑みこむ。美花を見つめる宗一の目が、あまりに冷たい。あまりにも容赦のない冷気と鋭さに、蒼は思わず震え上がったほどだ。

　美花は気付いていないのだろう、思い切り声を張り上げる。

「宗一兄さま、離れてくださいませ！　蒼さんが着ているのは呪いの振り袖でしてよ。

触れれば呪いが移りますわ！」

　びくり、と震えた蒼の肩を、宗一の手がぐっと押さえこむ。

「美花。かわいいわたしの従姉妹のお嬢さん。今まで多少のいたずらは許してきたが、今回はやりすぎたね」

　宗一はひどく冷淡に言った。

　美花は一瞬ひるんだようだが、すぐに気を取り直してまくしたてる。

「いたずらなんかしていませんわ。私は『その振り袖はあぶないわ』って、蒼さんを止めたんです。なのに蒼さんは『そんなのは迷信だ、この家の着物は全部私のものだ！』と言って聞かなくて、私を振り払って無理矢理着たんですわ！」

　嘘だった。蒼に無理矢理この着物を着せたのは美花である。

　だが、蒼は早々に言い訳を諦めた。目撃者は年配の女性使用人しかいないはずだし、使用人はどこの馬の骨とも知れない自分より、美花の味方をするだろうから。

　大丈夫。自分はここで宗一に嫌われても大丈夫だ。元から結婚にはふさわしくない相手だし、婚儀が済む前に破談になったほうが百倍ましだ。

　蒼が黙ってうつむいていると、宗一は蒼の肩から手を離した。そのまま杖《つえ》を突きながら前に出ると、宗一は美花の肩を摑《つか》んだ。

「美花、よくお聞き」

「はい、宗一兄さま」

宗一を目の前にすると、美花はうっとりした顔になって彼の言葉を待つ。

宗一はそんな美花に彫りの深い顔を近づけ、氷の美声で囁きかけた。

「蒼はそんな人間ではない。彼女に失礼なことを言う者とは、縁を切ることにする」

「は？　縁を切るって、どなたとですか？」

「君とだよ。そんなこともわからないのかい、美花。愚かだね」

宗一はいっそ清々《すがすが》しいほどにきれいに笑って言う。

美花はしばらくぽかんとしていたが、徐々に宗一の言葉の意味が沁《し》みてきたのだろう。急に顔をくしゃっとゆがめ、ぼろぼろと涙をこぼし始めた。美花はそのまま一歩、二歩と後ろに下がると、子どものように涙をこぼしながら宗一の手を振り払う。

「宗一兄さまはっ、その女にっ、騙《だま》されてるんです！　私は、認めませんから!!」

怨嗟《えんさ》をこめた叫びを残し、美花は身を翻して駆け去った。

追いかけたほうがいいのだろうか。しかし自分は呪われた着物をまとっている。せめて脱いでからだろうか、と蒼が困っていると、別室からすっと榊が姿を現す。

「榊。美花を送ってあげなさい」

宗一が言うと、榊は一礼して美花の後を追いかけていった。まるで宗一に張りついた影のようなひとだと思いつつ、蒼はほっとして榊を見送る。

そんな蒼の頭に、ふわりと宗一の手のひらが載った。

「すまなかったね、蒼。美花はあなたとは違って、ずいぶん子どもなのだよ」

宗一の声が優しく緩んだことにほっとしつつ、蒼は首を横に振る。

「美花さんは何も悪くはありません。あの方も由緒正しい家柄の方。私のような者が突然やってきたのですから、もっと酷《ひど》いことをされても当然でした。その……どうか、美花さんをあまりお叱りにならないでくださいね」

宗一は蒼を見下ろし、呆《あき》れたように言う。

「その考えには同意しかねるな。あなたは素晴らしいものをいくらでも持っているよ、蒼。あなたに比べたら、うちの親戚連中など全員つまらん。口を開けば金の話か家柄の話ばかりで、縁切りはいつでも歓迎なんだ」

「そんな……！」

蒼はびっくりして目を見開く。

こんなにも立派な家に住み、立場もあろうひとが、親戚を要らないだなんて。

人間社会は人のつながりで出来ている。上流階級ならなおさらだろう。理不尽な理由で付き合いをやめたら、偏屈だの何だのと言われてはじき出されてしまうかもしれない。

宗一は蒼が固まっているのに気付くと、紳士的に頬に触れてくれた。ほんのかすかな感触が、優しくて、温かい。宗一はそのまま、蒼の耳元に言葉を置いた。

「わからないかい？　わたしは、あなたさえいればいいんだよ」

耳が蕩《とろ》けそうなほどに甘い台詞《せりふ》。

このまま全身融《と》けて漂ってしまいたい――そんな思いの中でどうにかもがき、蒼は拳に力をこめた。

宗一は優しすぎる。今は自分に同情しているのかもしれないが、親類との縁を切ったら絶対に後悔する。自分のような者では、宗一の親類達の代わりはできない。

どうしたら、宗一を思いとどまらせることができるだろう？

どうしたら、宗一が親類と、美花と、決別せずにすむだろう？

不調和を生んでいるのは、他ならぬ蒼本人だ。

本当は自分を追い出してほしいが、今の調子では宗一はそんな選択はしないだろう。

さらに、親戚達には蒼が呪いの振り袖を着たことと、宗一が美花を追い返したことがまことしやかに伝えられ、誰もがこの家に近づかなくなるかも……。

そこまで考えて、ふと、蒼は自分に視線を落とす。

痩せた体に着せ付けられた派手な振り袖が、中庭からの光でやんわり光る。

「振り袖の呪いの話、気になるだろうね。この家はとにかく古い。迷信の類いは数多いが、今はもう明治の世だ。あなたは何も気にしなくていい」

宗一は親切な言葉をかけてくれるが、蒼は慰められたいわけではなかった。

蒼は思い切って宗一を見上げると、震える唇を開く。

「宗一さま。私……この着物の呪いが迷信だと、証明したく存じます」

「ほう？」

宗一の目が面白そうに光る。

出過ぎたことだとはわかっている。わかっているが、今は必死で言葉を紡ぐ。

「私が呪いを迷信だと証明できたら、縁切りはやめていただきたいのです。振り袖の件がただの迷信だったなら、美花さんのなさったことはただのおふざけ。ただのおふざけをされた方と縁切りをするなんて、それこそ馬鹿馬鹿しいのではないでしょうか？」

最後まで言い切ると、軽く息が切れていた。詭弁《きべん》かもしれないが、今の蒼に思いつく解決方法はこれだけだ。

宗一はじっと蒼を見つめていたが、やがて楽しげに微笑《ほほえ》んだ。

「素晴らしい。やってごらん、蒼。『サトリ』の目で、この振り袖の呪いを解くんだ」

◇

「振り袖の持ち主が亡くなったのは本当です。ただ、正確には宗一さまのおばあさまではなく、大叔母さまだったかと……」

「大叔母さま、ですか」

蒼が聞き返すと、年配の使用人は険しい顔で唇を引き結んだ。使用人の表情から、態度から、緊張と屈辱に耐えるような気配を感じ、蒼は思わずうつむいた。

やはりこの件に、自分などが切りこむのは無謀なのではないだろうか。

そう気弱になっているところへ、横に座った宗一が口を出す。

「おかしいね。わたしは大叔母は病死だったと聞いていたよ。何か、病状や死因に不審なところでもあったのかい？」

「それは……」

使用人は一度口ごもって視線を逸《そ》らしたが、当主である宗一の問いとなれば黙っているわけにもいかないのだろう。やがてしぶしぶと喋り出した。

「……直接お世話したわけではございませんので、わかりかねます。ただ、お嫁入り前に伊豆《いず》のほうの別邸で亡くなったということのみ、存じ上げております」

「伊豆の別邸か。わたしたちも一度行ったことがあるね、ハヤテ」

宗一は淡々と言い、肩に載せたハヤテのほうを見る。ハヤテは首をきゅっきゅと回して、澄み切った猛禽《もうきん》の瞳に宗一と蒼の姿を映した。

『着物の呪いを迷信だと証明する』と言い放った蒼は、まずは屋敷で一番年かさの使用人に話を聞きたいと宗一に訴えた。呪いが生まれた当時の話を聞きたかったからだ。

そうして呼び出されたのが、このナミである。白髪をきっちりとまとめ、背筋の伸びたナミは、蒼と美花が呪いの振り袖を着たときに背後に控えていた使用人だ。

簞笥部屋でナミと対峙《たいじ》した蒼は、少し考えこんだのち、深く頭を下げる。

「お話、大変ありがとうございました」

迷信を晴らすには、まずはその大叔母の正しい死因を知らなくてはいけない。ナミから聞けたのは亡くなった場所の情報のみ。

さて、これ以上の詳細をどう調べるか。

蒼が頭を下げたまま考えていると、ナミがこわばった声を出した。

「……失礼ですが、蒼さま。あれは美花さまの悪ふざけです。無視しておけば、実害はないかと……。蒼さまは城ヶ崎家の過去を掘り返して、どうなさるおつもりなのでしょう？　古い家には多かれ少なかれ、呪いがあるものでございます」

ナミに言われて、蒼はゆっくりと頭を上げる。

彼女の言葉の意味はわかるつもりだ。古い家には隠しておきたいような歴史が降り積もるもの。それを後世に掘り返されないよう、人は真実に呪いという隠れ蓑《かくみの》をかぶせる。

「呪いがいかなるものかは、存じております。私自身が、おそらくは呪いをかけられていた人間ですから」

蒼は慎重に言う。耳の奥では『気持ち悪い目だ』という大人達の声が木霊している。

自分の目。相手の状態を読み過ぎてしまうこの目を、周囲は『サトリ』と称して見世物にした。蒼もまた、古い呪いの一部だった。だが、宗一がそこから自分を引きずり出し、呪いを解けと言ったのだ。

今は明治の世。恩人である宗一のためにも、呪いを解く。

ひそやかに心に決めて、蒼は続ける。

「正直なところ、私自身は呪われて死んでも構わないのです。ですがもし、このあと私に何かあれば、美花さんが『城ヶ崎家の嫁を呪殺した』と噂《うわさ》されるやもしれません」

「それは……」

ナミが驚いたようにつぶやく。

蒼はナミの喉元あたりを見つめて一生懸命に続けた。

「お嫁入り前のお嬢さんにそんな噂が立っては酷いご迷惑。ナミさんもその場にいらしたのですから、呪殺を手伝ったただのなんだのと言われかねません。私ごときの死でそんなご迷惑をおかけするなどもってのほか。皆さまのためにも真実を見つけて、呪いも噂も消してしまわねば」

ナミは何度か口を開けたが、結局何も言えずに黙ってしまう。

蒼の横ですべてを聞いていた宗一は、少々不満そうに口を挟んだ。

「蒼、あなたの謙虚さは美徳だが、わたしのことは考えてくれないのかね？　わたしは、あなたが死んだら大層悲しむよ」

「宗一さまのことは、もちろん一番に考えてございます……！　申し訳ございません。なるべく長生きして、お世話いたしますので！」

蒼は大慌てで頭を下げる。宗一は器用に片方の眉を上げ、うろたえる蒼を面白そうに眺めた。

　ナミはしばしそんなふたりの様子を見つめていたが、やがてゆるりと表情を改める。

「……あのお着物の持ち主であった、宗一さまの大叔母さまのことですが。少々思い出したことがございます」

「！　なんでしょう」

　蒼がナミに向き直ると、ナミもどこか意を決した様子で座り直す。

「あの方は大層な着道楽で、婚礼衣装にもずいぶんと無理無茶をおっしゃったという噂でございます。柄も何も、ぎりぎりまで変更、変更で……絶対に間に合わないと言われていた着物が、どうにか婚礼前に間に合った。やった、やったと大喜びで試しに袖を通した後、急に病に伏せってしまい……療養に行った先でお亡くなりになられたとのこと」

「やはり、病なのですね……」

　蒼は口の中でつぶやいた。宗一は耳ざとく聞きつけて、問いを投げてきた。

「やはり、とは？　何やら、呪いの正体に見当がついているような口ぶりだね」

「それは、はい。美花さんが呪いの振り袖に触れるとき、わざわざ手袋をしていましたので。この着物にまつわる呪いは『着物に袖を通した者が死ぬ』というものなのに、美花さんは、まるで伝染る病を警戒しているようだったのです」

「なるほど。しかし、手袋は最近の流行じゃないのか？」

「それが、野暮ったい、安物の手袋でしたので。美花さまほどお洒落《しゃれ》な方があれをつけられるのは、本当はお嫌だったはずです」

「ふむ」

宗一が長い指で顎を撫《な》でていると、ナミがおずおずと割りこんでくる。

「蒼さまのおっしゃることは正しゅうございます。あの呪いは『伝染る』のです。振り袖に袖を通した者も死ぬけれど、その周囲の者も死ぬことがある、と。実際、大叔母さまと一緒に伊豆に行った者も、大叔母さまの後を追うように亡くなったのだそうで」

「おつきの方が亡くなったのですね。そのときの死因も同じ病死でしたか？」

ついつい膝を進めてしまう蒼だが、ナミは驚いた調子で言葉を濁した。

「おそらくは……とはいえ昔のことですので……」

「あ、その、確信はなくて当然です。お話、本当にありがとうございました」

蒼がうろたえて深く頭を下げると、今度はナミも深々と頭を下げる。顔を上げたとき、ナミの表情はどこかすっきりとしているようにも見えた。

「私こそ、申し訳ございませんでした。呪いを守ろうとするなど。老人の悪い癖ですね」

　はにかんだように言われ、蒼は慌てて首を横に振る。

「そんなことはありません！　お仕えする方の秘密を守るのは素晴らしいと思います。ナミさんが宗一さんにお仕えしてくださって、私はとても嬉《うれ》しく思っているのです」

　一生懸命つむいだ蒼の言葉に、ナミの目尻に笑いじわが寄った。彼女の全身が安堵《あんど》に似た感情で弛緩《しかん》したのを感じ取り、蒼のほうもほっとする。

　宗一は蒼の傍らであぐらに頬杖で話を聞いていたが、話が途切れると面白そうに身を乗り出してきた。

「いい情報を得たね、蒼。さて、次はどうする？　伊豆に行くかい？　伊豆の海と温泉はいいよ。伊豆の医者が大叔母の病について、何か知っている可能性もないではない」

「それも考えましたが……」

　蒼は少々思案したのち、ナミのほうに問いを投げる。

「……ナミさん。あの着物を誰が縫ったのか、調べることはできますか？」

◇

ゆらゆらと、水面《みなも》が上野公園《うえのこうえん》の景色を映して揺れている。

蒼は不忍池《しのばずのいけ》のほとりに立って、水面を見下ろしていた。

今までここを通ったことは何度かあるが、ゆっくり水面を見る暇はなかった。東京中に『電信柱だ』『みっともない』と揶揄《やゆ》されている気分でうつむいて、早く用事をすませて帰ろうとしていた。こうしている今が、まるで現実ではないかのようだ。

「蒼」

「はい！」

呼ばれて振り向くと、そこには宗一がいる。

信じられないほど上等な無地の和装を整えた宗一が、穏やかに笑って言う。

「きれいだね」

「はい。とてもきれいな景色です」

蒼は言い、おずおずと宗一の顔を確認する。相変わらずじっくり眺めても真意のわからない顔だが、顔色がいささか青ざめていることくらいはわかる。

「お体のお加減はいかがです？　やはり、最後まで俥《くるま》で行ったほうがよろしかったのでは？」

心配をにじませて言うと、宗一は楽しそうにくすりと笑った。

「気分は大分いいよ。それに、歩いて行くほうが逢《あ》い引《び》きめいているじゃないか」

「そんな、おふざけになって……。この先は、宗一さまが散歩で足を踏み入れるような場所ではありません。逢い引きならばなおさらです」

恥ずかしさ、決まり悪さよりも、不安のほうが先に立つ。

蒼と宗一は、これから上野《うえの》の一角へと調査に赴くのだ。

そこは江戸時代から続く低所得者の住む町で、今にも崩れそうな粗末な家が互いを支え合いながら密集して建っている。芝居小屋育ちである蒼はともかく、華族である宗一の行くような場所ではない。真っ昼間なら殺してむしられることはなくとも、スリや物乞いに遭うのは避けられまい。

そんな事情がわかっているのかいないのか、宗一はのんびりと歩き始めた。

「わたしはどんなところへでも行くよ。大叔母は、この辺のお針子さんにあの呪いの振り袖の仕立てを頼んだのだろう？」

「そうですね。大叔母さまの高い理想のために、どんどん婚礼の日取りが近づいてきてしまい、手が早い者、急いで仕事が出来る者を探して下請けに出された結果……最後にたどり着いたのがこの町にいたお針子さんだった、とのことでしたね」

蒼はナミから聞いた話を正確に思い出しながら言う。

そのお針子さんについての話を聞けたら、呪いの振り袖が生まれた理由、呪いで覆い隠された真実がわかるのではないか。そう思ってここまでやってきたのだ。

気付けば二人はごちゃついた一角に入りこんでいた。狭い道の両側から、掘っ立て小屋が迫ってくるような錯覚に襲われる。昔ながらの長屋の上に二階が増築されるなど、野放図な建築の固まりなのだ。

それだけならまだいいが、気味が悪いのはこの場所がひとの気配で満ちていることだ。昼なお薄暗い路地のあちこちからは子どもの泣き声、怒鳴り声が響き、薄く開いた引き戸からは刺すような視線を感じる。道ばたには、真っ昼間からしゃがみこんでサイコロを振る男達の姿も見えた。

治安としては最低のその場所に、宗一はなぜかまったくひるまなかった。

「これはなかなかのものだな。榊を連れてきたらよかったかもしれない」

すいすいと奥へ入りこんでいく宗一に、蒼は慌てて追いすがる。

「宗一さま！」

お気をつけて、という前に、鬼ごっこしていた子ども達が宗一にぶつかってくる。

「おやおや。元気のいいことだね。怪我《けが》はないかい？」

宗一は嫌がるでもなく、垢《あか》だらけの子どもたちの頭を撫でてやった。子ども達はじっと宗一を見上げたかと思うと、つっけんどんに手のひらを差し出してくる。

「施し、くれ！」

「おれにもくれ、旦那！」

「ふむ、施しか」

宗一が懐に手をつっこみそうになったので、蒼は大急ぎで前に出た。

「あのっ！　みんな、私たち、この町の昔のことを知りたいの。昔っからここにいるおじいちゃんかおばあちゃんはいない？　案内してくれたら、おやつをあげるわ」

「ん。じゃあ、おやつ、先にくれ」

差し出される手に、蒼は先ほど買いこんだ瓦煎餅《かわらせんべい》を配っていく。これは小麦粉を使った香ばしい煎餅で、西洋の菓子を参考に神戸《こうべ》で作られたものだという。子ども達は初めて見るのだろう、こぼれんばかりに目を丸くした。

「なんだ、これ。瓦の形じゃねえか」

「御礼《おれい》はこれで半分。案内が終わったら、また半分ね」

蒼が言い含めると、子ども達は顔を見合わせた。あと半分もらえるならば、ここで逃げるのは損だ、という顔をして、あとは一心不乱に瓦煎餅にかぶりつく。ぱりぱりという音と「うめぇ」と顔をほころばせる様が心地よく、蒼は我知らず微笑んだ。

こうしていると、どうしてもハチクマのことを思い出す。手品団で自分の弟分だったハチクマ。手品団に残った彼は今頃どうしているだろう。飢えてはいないだろうか。自分も彼も、出し物の出来が悪いと、団長に食事を抜かれたものだ……。

宗一はそんな蒼と子ども達を興味深げに眺め、そっと蒼の耳元に問いを投げかける。

「てっきりあなたが食べるのだと思っていたが、こういうことだったのだね」

「はい。あの、ご不快でしたか……？」

「いいや、むしろ手配が鮮やかで感心している。あなたは調査というものがよくわかっているね。情報提供者に渡すのが小銭ではなく食べ物なのは、わざとかね？」

「それは……はい」

蒼はゆっくりとうなずいた。

子ども達を見ることに少しばかり集中すれば、その状態がどっと流れこんでくる。痩せた手足はもちろん飢えのせいだ。粉をふいた肌とぱさぱさの髪も、手入れが悪いだけではない。栄養が皮膚や髪まで行き渡っていない証拠だろう。荒れた肌のまま不潔な生活をしていれば簡単に皮膚病になるだろうし、他の病気になることだってあるに違いない。彼らはいつでも病と背中合わせだ。栄養があれば、少しは死の影が遠ざかる。さらにこれから冬も来るのだ。

蒼は宗一の耳に囁き返す。

「お金は子どもの親が取ります。食べ物は、お腹《なか》に入りますから」

それを聞くと、宗一はそっと目を細めた。

「なるほど。覚えておくよ」

「旦那、奥さん、煎餅美味《うま》かった！　俺が案内するよ！」

子どもの一人が明るい声を出し、二人の先に立って駆けだして行く。

蒼達は、慌てて後を追った。

◇

「ははあ、なるほど。呪いを解くためにこんなところへ」

僧侶は言い、ぽりぽりと首をひっかく。

子どもたちが案内してくれた先は、ごくごく小さな寺だった。蒼たちが座る本堂は傷みが激しく、どこを踏んでもぎしぎし、場所によってはめきばきと音がする。端には畳んだちゃぶ台やら掃除用具やらが置かれ、半ば住居の趣である。

蒼はきちんと膝をそろえて座り、四十代の僧侶に頭を下げた。

「もしも先代から何かお聞き及びでしたら、教えていただきたいのです」

「構いませんよ。ここであったことを語り継ぐのも、わたしみたいな者の仕事ですから。大叔母さまの代で、ここいらの名お針子と言えば……そうですね、間違いなくおキヌさんのことでしょう。有名な話ですのでね、忘れませんよ」

僧侶が座り直しながら言う。蒼は、あっさりとお針子の名前が出てきたことに少々驚いた。僧侶がこの辺りのことに詳しいとはいえ、もう少し難航するかと思っていたのだ。

蒼はおそるおそる問う。

「有名な話、というのは……？」

「おキヌさんってのはね、身重で単身ここに流れて来て、子を養うためにお針子をやっていた女です。真面目な質《たち》で、どんな仕事もきれいに仕上げたから、やがて縫い物仕事を持ってくる男に気に入られた。こいつは比較的堅い男で、無事に夫婦になることが決まったんだそうですよ。で、婚礼の日取りも決まったとこへ、急ぎのでかい仕事が入った。他人の婚礼衣装を縫う仕事だったそうですね」

「婚礼衣装」

蒼はつぶやき、傍らに座る宗一の顔を見上げる。宗一は静かな無表情でうなずいた。

僧侶は続ける。

「期日はもう少し先だったが、どうせだったら自分の婚礼前に仕上げちまおうってんで、おキヌは根を詰めました。ただその着物は大層な大物だったようでね。どうしても一日遅れそうな雲行きになった。それを見ていたおキヌの相手の男は、じゃあ婚礼も一日遅らせよう、どうせ近所のみんなと祝うだけだしね、と申し出た」

「理解のあるお相手だね」

穏やかに宗一が感想を述べ、僧侶はうなずいて続ける。

「ええ、実にいい方だったそうですよ。――さて、その翌日。晴れて仕事は終わり、婚礼は行われました。そうしてねぇ。……死んだそうです」

「死んだ……？　え？　どなたが、ですか？」

急転直下の展開に、蒼は思わず問うてしまった。

僧侶は遠くを見る仕草で目を細める。

「みぃんな、ですよ。おキヌさんも。お相手も。客も。みんな」

みんな？　みんなとはどういうことだ。蒼は呆気にとられてしまう。呪いを解こうとここまで来たのに、まさかこんなにも呪いじみた話を聞かされるとは。

すがるように宗一を見上げると、宗一は至極淡々と僧侶と向き合っている。まったく感情の読めないきれいな顔で、宗一は問う。

「なぜ死んだのかはわかるのかい？」

「当時は、呪いとも言われましたようですねえ。ですが実際は、毒だったんじゃあないでしょうか。そのとき出された紅白まんじゅうを食った者が、皆死にましたので」

毒、という言葉の禍々《まがまが》しさに、蒼は震え上がった。

僧侶は語り慣れているのだろうか、特別な感情の乗らない声で、先を続ける。

「吐いたり下痢だったりと大騒動だったそうですが、結局ほとんど回復せずに死にました。しあわせな結婚をしてここから出て行こうとしたおキヌさんを、誰かが恨んだのかもしれませんねぇ。人間というのは、ひとのしあわせを恨むものですから。おキヌさんは、できあがった婚礼衣装を包む途中で亡くなっていたそうです」

「そんな……」

蒼の声はわずかに震えた。

あまりに酷い話だ。おキヌさんはただひたすらに仕事をしていただけで、伴侶となるひとはおキヌさんを大事にしただけなのに。巻き添えになった客だって浮かばれないし、しあわせを恨まれてお祝いの紅白まんじゅうに毒を入れられたおキヌも浮かばれない。そんな事件の中で仕上がったのがあの振り袖だというのなら、呪いがかかっても仕方がない気すらする……。

悔しいような悲しいような気持ちがぐるぐると渦を巻き、なんと言ったらいいのか言葉が見つけられない。蒼が沈黙していると、寺の縁側から声がかかった。

「御坊、お助けくだせぇ……」

蒼ははっとして振り返る。縁側に座りこんで荒い息を吐いているのは屈強な男だ。ただしずいぶんとくたびれていて、顔色もひどく悪い。

「どうしたね、青い顔して」

僧侶はかいがいしく男の横に移動するが、男は座っているのもだるそうだ。

「どうしたもこうしたも、病ですよ。この間から酷い下痢で、これじゃあろくに俥で稼ぐこともできやしねえ……ガキも同じでさ」

「息子さんもかい。だったら流行病《はやりやまい》だねえ。最近多いっていう赤痢じゃあないか？　しかしここは診療所じゃないからねえ」

僧侶はつぶやき、頭を掻《か》く。男はそんな僧侶を恨みがましく見つめ、声を荒げた。

「なんだよ、見て見ぬふりってか。仏さんは俺たちを見殺しにするってぇのか！」

「そういうわけじゃあないよ。うちじゃあ何も出来ないって言ってるんだ！」

僧侶も声を荒らげる。蒼はそんな二人を見つめ、ぽつりと言った。

「……赤痢」

そのままゆらりと立ち上がり、蒼は一歩、二歩、前に出る。

「蒼？」

宗一の声が後ろから追ってくるが、今は答えている暇はない。

蒼は瞳に集中した。途端に猛烈な勢いで情報が流れこんでくる。顔色、肌の艶、体臭、呼気の臭い。この男を苦しめているのは、発熱、下痢、嘔吐《おうと》、それによるだるさに違いない。これが、赤痢の症状なのだ。

そう考えた途端、頭の中にぱちぱちと火花が散ったような気分になった。

蒼は勢いよく僧侶のほうを振り返った。

「お坊さま、おキヌさんが死んだとき、下痢と嘔吐があったとおっしゃいましたか？」

「ん？　ああ、そう聞いておりますね」

今までおとなしかった蒼がいきなり詰問してきたので、驚いたのだろう。僧侶は少々戸惑い気味にうなずく。蒼はそれに気を遣う余裕もなく、頭の中の火花に翻弄されていた。今まで読んだ本の知識があちこちで花開き、繋がっていく。赤痢、赤痢。赤痢についての本も読んだはずだ。そこには、赤痢の原因も書いてあった。

「赤痢が伝染する原因は、赤痢菌が体内に入ることです。感染経路は患者さんの糞便《ふんべん》、それに触れた手指や、ハエ、ネズミなどの足。そのまま人間の使う器や食品に触れると、そこに赤痢菌が残る……」

蒼は早口で告げたのち、さらに僧侶ににじり寄った。

「おキヌさんの結婚式は、直前で一日延期されたのですよね？　だったら紅白まんじゅうも一日置いておかれたはず。そのときに、紅白まんじゅうの上をネズミが走った可能性はないでしょうか？」

「それは……ないとは言えないでしょうが……」

僧侶はすっかり蒼の迫力に押されてしまっている。

蒼は浅い呼吸を繰り返した。頭が不思議な感じに痛む。まるで幻覚のように、目の前にいくつもの想像の光景がよぎる。

きれいに蒸し上げられたまんじゅうが、布だけかけられて板場に置かれている。その横では、おキヌさんが必死に婚礼衣装を縫っている。あんどんの小さな明かりが彼女の手元を照らし、婚礼衣装の金糸が鈍く光る。

そして、床下から、ちょろりとネズミがやってくる。紅白まんじゅうにかけられた布を押し上げ、その下に身を潜りこませておいしいまんじゅうをかじる。ふと、おキヌさんが指ぬきを取り落とし、音に気付いたネズミは、たーっとまんじゅうの上をかけていく……。

「蒼」

穏やかだが強い声がして、宗一の手が蒼の両肩を強く摑んだ。

その衝撃で、蒼は現実に立ち返ることができた。

ほう、と息を吐き、力を抜く。

「なるほどねぇ。こんな場所ですから、警察も大した検分はしなかったのですが、赤痢ですか。そうだったのかもしれませんねぇ」

僧侶はつぶやき、合わせた手をすりあわせる。

すると、今度は病気を訴えていた男が四つん這いになり、本堂に上がってきた。彼はそのまま蒼を見上げ、土下座せんばかりに訴える。

「あんた……あんた、お医者さまでいらっしゃいますね？　どうぞ助けてください！　私だけじゃあない、家じゃ子どもが苦しんでるんです。同じ病だと思うが、もう起き上がることもできなくって哀れなんです。どうか、どうか、お願いいたします！」

「あ……いえ、私は医者ではないのです。見ることしか、できなくて……」

蒼が慌てて弁明すると、男は呆然《ぼうぜん》と蒼を見上げた。

そして、急にかっとした様子で立ち上がる。

「診ることしか？　診るだけじゃあどうにもならねぇ！　治していただけねぇと！」

「……っ！」

蒼が恐怖にすくんだ瞬間、宗一が蒼を両の腕に抱きこむ。

「え……」

何をされたのかわからない蒼をよそに、宗一は男に剣呑《けんのん》な視線を投げた。もっとも、口調はあくまで紳士的だ。

「よしたまえ。これはわたしの家内だ。怒声を浴びせたいならわたしにしなさい」

「いや……別に、怒鳴りたくて怒鳴ってるわけじゃあねえんで……」

男は宗一の迫力に圧《お》されて、しおしおと勢いをなくしていく。宗一はすぐに視線の強さをゆるめ、どことなく気さくに続けた。

「医者ならばあとでわたしが派遣しよう。君はわたしの家内に示唆を与えてくれたのだ、診療費と薬代はわたしがおごるよ」

「なんとまぁ……本当ですね？　そりゃぁありがてぇ。ありがてぇこってす……」

男はぽかんとしてつぶやいたのち、安堵して気が抜けたのであろう。その場にへたりこんでしまう。

宗一は蒼を抱いたまま僧侶のほうを見ると、礼儀正しく微笑んだ。

「では御坊、お話をありがとうございました。我々はこれにて失礼いたします」

「ええ、ええ、そうなさるといい。ここは、あなたのような方が長居するところではありません。あとはわたしがどうにかしますのでね」

僧侶はそう言って手をあわせ、頭を下げる。宗一はやっと蒼の体を解放すると、今度は手を繋いで先に立った。

「では行こうか、蒼」

「は、はい！」

蒼は宗一に引っ張られるまま、大きく傾いた寺を出る。宗一はそのまま路地を抜け、治安の悪い界隈《かいわい》を一気に通り過ぎた。

蒼は大股な彼に必死についていきながら、自分の手を見ていた。

宗一の手に繋がれた、自分の手。

手を繋いでしまっている。

そのことを自覚すると、不思議と全身が熱くなった。

「そ、宗一さま、その」

「あなたの推察は、当たっていると思うよ」

振り返らずに、宗一が言う。蒼は手を見るのをやめて、宗一の首筋を見上げた。

「私、そんなことをしておりましたか……？」

宗一はちらりと蒼のほうを振り返り、かすかに笑う。

「気付いていなかったのかね？　立派な推察だったよ。わたしの留学先のひとつ、英吉利でも似たような事件があったんだ。貧しいお針子が縫ったドレスに病原菌がついていて、そのドレスを着たお嬢さんが亡くなった」

「そうなのですね……！」

蒼は驚いて目を瞠る。道が広くなり、宗一の歩調が緩み始めた。宗一が蒼の手を引く必要はなくなったが、それでもまだ二人の手は繋がれたままだ。

蒼はそろそろ周囲が気になり始めたが、宗一は至極平然と話し続ける。

「ああ。大叔母さまの呪いの振り袖にも、赤痢菌がついていた可能性はある。菌がまだ残留している可能性は低いが、振り袖は帰り次第焼却処分しよう。呪いならば祟るかもしれないが、菌なら焼き払えばどうにかなる。見事に呪いを解いたね、蒼」

「だと、いいのですが」

蒼はほんのりと赤くなってうつむき、宗一について歩いて行った。

本当にこれで呪いが解けるのなら、それはものすごく嬉しい。嬉しい、はずだ。でも、蒼の心は完全な快晴とはいかなかった。あの場所でたくさんのひとが死んでいったのは本当だし、今も病に苦しんでいるひともいる。宗一はあとで医者を派遣してくれると言ったが、自分には彼らにできることは何もないのだ……。

蒼が考えこんでいると。前方から人力車が走ってきた。

「どいたどいたぁ！　急患だ！」

車夫の威勢のいいかけ声と共に、客を二人乗せた人力車が蒼たちの横をすり抜けていく。蒼はふと足を止め、振り返って人力車を視線で追った。

「あれは医者だね。……おや、藤枝《ふじえだ》先生じゃないかな。立派な先生だよ」

つられて立ち止まった宗一が、同じ人力車を見送って言う。

人力車はすぐそこの街角で止まって客を降ろした。俥から降りていく客の男は見るからに医者だ。カイゼル髭《ひげ》を整え、革製の大きな医者鞄《かばん》を持っている。続いてその横に飛び下りたのは、なんと袴《はかま》姿の少女であった。

「あれは、藤枝先生のお嬢さんですか？」

蒼が驚いて言うと、宗一は事もなげに応える。

「うん。娘が医学校に通っているというから、助手として連れ歩いているんだろう。あの子もいずれは女医になる」

女が、医者になる。蒼の中にはまったくなかった発想だ。

本当だろうか、と疑いながら注目していると、医者と少女は民家から走り出てきた女と言葉を交わしたのち、うなずきあって民家へ入っていった。医者はもちろん、うら若い少女も堂々としたものだ。

医者。医者ならば、『診るだけ』ではない。治療が出来る。

どくん、と蒼の心臓が音を立てる。

どくん、どくん、どくん。

急に存在感を示した心臓の位置をぎゅっと押さえて、蒼は少女が入っていった民家を見つめた。なぜこんなにもどきどきするのか、自分でもよくわからない。よくわからないが、目を逸らせない。忘れることもできないだろう、そんな気がする。

蒼の頭には医者の娘の堂々たる姿が、はっきりと刻みこまれた。

◇

さて、その後。

蒼の推察は枝葉を取り除き、大叔母の名誉を酷く傷つけないように丸められて、使用人たちや親類たちに伝えられた。すべては事故であり、呪いは病原菌であり、菌自体はおそらく死滅しているだろうことを説明したのち、振り袖は念のため燃やされた。

この件はしばらく屋敷の中や親戚間で囁かれたが、噂はすぐに下火になっていった。解決された謎は継続的な魅力を持たないし、親類たちも身内の不幸を外部に喧伝《けんでん》したいとは思わなかったせいだ。


そして時が過ぎ、ついに蒼の婚礼の日がやってくる。

「実は私、驚いてしまったんですよ。蒼さまがまったく呪いを恐れなかったこと」

蒼の婚礼衣装の着付けを手伝いながら、女使用人のナミがどこか楽しそうに言う。

蒼は帯をきつく締められてくらくらしながら、問いを返した。

「私、何か、おかしかったですか？」

「はい、少し。ですが納得もいたしました。なるほど、これは宗一さまが惚《ほ》れる御方だ、ってね。宗一さまもあれで、とんでもない肝っ玉の持ち主ですもの」

「惚れ……？　ううっ」

聞き返したかったものの、帯で息が詰まってそれどころではない。蒼は真っ青になっているうちに飾り付けられ、大きな姿見の前に連れて行かれた。

「さあさあごらんになって、蒼さま。素晴らしいできばえですよ！」

「すてき……私みたいなちんちくりんじゃ、この華やかさは出やしませんわ」

着付けを手伝ってくれた女使用人たちが、周囲に集まってわいわいと囃《はや》し立《た》てる。

そんなお世辞を言わなくてもいいのに、とうつむきかけた蒼だったが、ふと思い直す。呪いの一件があったのち、使用人たちは徐々に打ち解けてきてくれている。

ならば……彼女たちの言うことは、少しくらいは本当なのだろうか？

蒼はじわり、と視線を上げる。きゅっと唇を噛《か》んで、鏡を見る。

今までなるべく見ないように、化粧の最中でもわざと焦点をぼかしていた自分の顔。自分の姿。余りに久しぶりに見るそれは、大輪の花だった。

「…………！」

蒼は呆気にとられて身を乗り出す。

これが本当に自分だろうか？

どこからどう見ても、鏡の中にいるのは鮮やかな青色の着物を身につけた西洋美人だ。すんなりとした輪郭に細く高い鼻筋、まつげの長い大きな瞳はどこか物憂げで、銀座《ぎんざ》のポスターになってもおかしくないような健全な色気がある。

さらに宗一が蒼のためにしつらえた着物が素晴らしい。鮮やかな青に真っ白な大輪の花が咲き誇り、その枝にはこれまた色鮮やかなオウムがとまる柄は和洋折衷の雰囲気で、時代の最先端をいっている。着る者をかすませてしまいそうな強い着物が、長身で細身の蒼には素晴らしくよく似合っていた。

宗一が、この着物で自分に魔法をかけてくれたのかもしれない、と蒼は思う。

「ああ、もう、なんて素敵……！　早く宗一さまに見せて差し上げましょ！」

使用人たちは盛り上がり、呆気にとられたままの蒼を廊下に押し出した。そこには普段よりことさらぱっきりとプレスされた洋装の榊が居て、蒼に恭しく頭を下げる。

「こちらでございます、蒼さま」

榊に連れられていった板の間はすっかり磨き清められており、最奥には神式の祭壇があった。立派な狩衣《かりぎぬ》姿の神職と巫女《みこ》たちが待ち構えている横に、宗一がいる。五つ紋付きの羽織袴《はおりはかま》は烏《からす》の羽のような漆黒で、見ているだけで最奥まで引きずり込まれてしまいそう。宗一はその黒の存在感に負けないどころか、衣装を引き立て役にする迫力がある。

「さあ、神前へどうぞ」

神職に導かれ、蒼は祭壇の前に進んだ。このような大仰でしっかりとした婚礼の儀は見るのも聞くのも初めてで、蒼はついつい気後れしてしまう。自分たちのような関係の者が、こんなにもしっかりと神の前で縁を結んでいいものか。とはいえ、もはや逃れようもないのである。

おろおろとしているうちに式は終わり、速やかに宴《うたげ》となった。

宴も宗一の趣味で一風変わっており、庭にも屋敷の中にも西洋風の円卓がいくつも出され、そのどれにも西洋風の軽食が盛られている、というものだった。初めて見る形式に驚きはしたが、肘と肘が触れるような宴席よりはずいぶんと伸びやかで、蒼はすぐに慣れてしまった。品のいい着飾った人々が円卓の間を回遊するのは、実に見応えがある。

「式で疲れてはいないかい、蒼」

宗一に声をかけられて、蒼は小さく首を横に振る。

二人は座敷《ざしき》の広間の奥、金屏風《きんびょうぶ》の前にしつらえられた洋風の食卓についていた。疲労はあるが、手品団のときとは比べものにならない。昨夜はきちんと眠れたし、ちまちまとだが素晴らしい料理も口に出来ているのだから。

「これくらいはなんでもありません。電信柱に生まれたせいか、ちょっとやそっとでは倒れない底力がございます」

蒼が控えめに微笑んで言うと、何が面白かったのか、宗一は声を立てて笑った。

そうしてふと、蒼の耳元に囁きかける。

「ときに、蒼。庭に美花も来ているよ。振り袖の件、直接謝らせよう」

美花の名前ではっとして、蒼は宗一の視線を追った。ここぞとばかりに着飾った美花の姿は、庭にしつらえられた洋風天幕の下にある。同年代のお嬢さんたちと固まって、ちらちらとこちらを見ているようだ。

蒼はしばらく彼女の様子を眺めて考えたのち、小さく首を横に振った。

「それは……必要ありません」

「必要はあるだろう。あの子は君に呪殺をしかけた。せめて謝罪が必要だよ」

宗一は面白そうに言うが、声音の奥にはかたくなさがある。彼は美花をなあなあで許す気はなさそうだ。とはいえ蒼自身は美花を恨んでなどいない。彼女の嫌がらせなど、腹が減るわけでも、体が痛むわけでもなかったのだ。

蒼は少し考えたのち、控えめに宗一の顔を見上げた。

「でしたら、私がひとりで参ります。美花さんは宗一さんが好きなのでしょうから、あなたがいらしては本音を言えないはずですので」

それを聞いた宗一は驚いて、蒼をまじまじと見つめる。

「美花が、わたしのことを好き？　本当かね？」

「きっとそうだと思います。宗一さまも美花さんを選びたくなりましたら、私はいつでも離縁いたしますね。人手が必要でしたら、離縁後も看護婦としてお仕えいたしますので」

蒼は微笑んで言うと、返事を待たずに庭へ向かっていった。真っ青な花のような蒼が降り立つと、庭中の視線が蒼に集まる。

美花だけは意地で蒼のほうを向かなかったが、蒼は気にせず近づいた。

「美花さん。いらしてくださって、ありがとうございます」

天幕の外で頭を下げると、しゃらりとかんざしが音を立てる。美花はやっと蒼に気付いたていで振り返り、ふんぞり返って返事をした。

「当主の宗一兄さまのお招きだもの。来ないわけにはいかないわ」

「美花さんは宗一さんがお好きなのですよね」

「え……？」

美花の眉がぴくりと動き、戸惑ったような視線が蒼を見上げる。

蒼は美花とは少し視線を逸らし、一生懸命に続けた。

「私が邪魔なのは当然だと思います。けれど私は宗一さまの看病のために嫁ぐだけですから、どうかご安心ください。宗一さまと美花さんが恋をされるのに、私は口出し致しません。ただ、宗一さまのお体にはお気をつけていただきたくて……」

「ま、待って待って！　何を勘違いしているの？　宗一兄さまは、兄と思って慕っている御方よ！」

大慌ての美花が、みっともない大声で叫ぶ。蒼はきょとんとして口を閉じ、周囲からは驚きの視線が集まった。

美花は恥ずかしさで真っ赤になりながら、もごもごと続ける。

「そ、そりゃあ、おどおどしたあなたなんかが奥方になるのは嫌だったけれど……まあ、こうしていると見た目もなかなかだし、宗一さまだって、どう見てもあなたを……」

そんな美花の左右から、友人連中が囃し立てる。

「そうそう、美花の婚約者は宗一さまじゃなく、もっとお若い御曹司なのよ！」

「宗一さまはお母さまがあちらの方だから、ちょうどよいお嫁さんを選んだと思うわ」

「あちら、ですか？　それは一体、どちらでしょう？」

蒼がおっとりと首をかしげると、美花が心配そうな顔になった。

「知らないわけはないわよね？　宗一さまのお母さまが花柳界の方だったこと」

花柳界。それは芸娼妓《げいしょうぎ》のいる世界、すなわち花と芸を売る世界のことだ。問題は、そちらの世界の女性が城ヶ崎家のような名家の正妻になるとは思いがたいことだ。おそらく、宗一の母は囲われ者の芸者か何かだったのだ。その子どもが、巡り巡って当主になった。

それが城ヶ崎宗一だったのだ。

蒼は静かに衝撃を受けてその場にたたずんでいた。

美花と美花の友人連中は、にこにこと笑いながらそんな蒼を見ている。不思議と余裕たっぷりの目。蒼には、そこにあるのがなんだか、よくわかる。

さげすみ。あわれみ。憐憫《れんびん》。あなたは私たちより下だから、ゆるしてあげる。

そんな感情が、蒼だけではなく、宗一にも向けられている。

そう思った瞬間、蒼はきびすを返していた。

「あら、蒼さん、どちらへ？」

朗らかな親戚の声を背に、蒼は着物が許す限りの全速力で座敷のほうへと戻っていった。途中で榊が近づいてきて、白い革手袋をした手で蒼を誘導する。

「奥さま、旦那さまでしたら、こちらです」

「ありがとうございます」

蒼が真っ直ぐ前を向いたままで言うと、榊は一呼吸置いてから聞いてきた。

「お嬢さま方に、何か失礼なことを言われたようでしたら……」

「榊さんは、宗一さまのお味方ですね？」

間髪容《い》れずに聞かれ、榊は少々驚いたようだ。一歩先を歩く足を止め、蒼をまじまじと見つめたのち、はっきりと言う。

「はい。宗一さまだけの味方、と言ってよろしいかと」

「安心しました。急ぎましょう」

蒼がうなずくと、榊はまだ少し妙な顔で会釈をした。

榊が蒼を連れていったのは、庭の隅だ。隅から隅までもれなく真っ赤に紅葉した錦木が、無数の枝を秋風に揺らしている。完全に紅葉した錦木は枝まで赤くなるから、まるで水底の珊瑚《さんご》か、燃え立つ炎かといった不思議な風情だ。

宗一はそんな紅葉の下にたたずみ、穏やかな視線を蒼に向けている。

「宗一さま」

名を呼びながら歩み寄ると、はらりと宗一の肩に赤い葉が落ちかかる。

とってあげたい、けれど、少しもったいない気もする。とにかくとても美しいひとだ。そして、いつもどこか悲しい気配のひとだ。病のせいかと思っていたけれど、それは違ったのかもしれない。そう思って足を止め、蒼は言う。

「宗一さま、私が間違っておりました」

「今度はどうしたのだい、蒼。ずいぶんと、怖い顔をしているね」

ひやかすような宗一の台詞に、丁寧に返している暇はなかった。失礼かもしれないが、とにかく、急いで言わねばならないことがあった。

蒼は拳を握り、一息で言う。

「やはり宗一さまのお心のまま、ご親戚方とは絶縁いたしましょう」

「え？　いや、蒼」

宗一の目が大きく揺らぎ、戸惑いがあらわになる。困らせてしまっているのはよくわかったが、ここで黙るわけにはいかなかった。自分のことならいい。どれだけさげすんでもらっても、なんなら殴ってくれても構わない。

でも、栞《しおり》の君が、宗一が、生まれなどという理由で莫迦にされるのは耐えられない。莫迦にされていいようなひとではないのだ。こんなにも美しく、優しく、賢いこのひとを、莫迦にしていいような人間はこの世にいないのだ。

自分は宗一のことを何もわかっていなかった。

これだけのひとが親戚を嫌うなら、そこには嫌うだけの理由がある。

なぜもっと早くわからなかったのだろう。胸がずきずきと痛む。こんなにも心が痛んだことはない。痛みの奥に、燃え立つような感情が生まれたことも初めてだ。居てもたっても居られない気持ちで、蒼は続ける。

「宗一さまがお決めになったことならば、私はどこへでもついて参ります。全力で看護もします。ただ、人里離れたところに住んでも宗一さまのお体がご安全なように、私に医学書をいただけませんでしょうか」

「医学書。あなたに？」

宗一の目が少し面白そうに光った。蒼はうなずく。

「はい。私が宗一さまを治療できたら安心です。私は宗一さまを裏切りません」

「………」

宗一の返事は、しばらくなかった。やはり自分などでは分不相応だっただろうか。

でも、それでも、宗一の役に立ちたい。心がそう言っている。

蒼は祈るように宗一を見上げ続けた。

宗一も蒼を見ていた。驚きが去って行くと、宗一の目には、優しい優しい悲しみが残った。宗一は蒼を見つめたまま、そっと片手を差し伸べる。

「おいで、蒼」

「宗一さま……！　蒼を連れていってくださるのですか？」

蒼は目を瞠って言い、宗一に手を取られるままにした。宗一は蒼の手を引き、普段居住している和風のお屋敷の裏を通って、洋館のほうへと蒼を連れていく。

「こっちだよ」

宗一は勝手知ったる様子でステンドグラス入りの玄関扉を開け、玄関ホールの横手にある小さな扉を開ける。蒼もその扉がそこにあるのは知っていたが、てっきり物置か何かだと思っていたのだ。

実際には、扉の向こうは妖精の小道のような細い廊下だった。

「こんなところに廊下が……？　私、全然知りませんでした」

「父上がしゃれっ気で作った隠れ家だよ。わたしが子どものころは、うるさい教師や使用人から逃れるために年中ここにこもったものだ。さあ、この扉を開けてごらん」

そう言って彼が指し示したのは、廊下の果ての小さな扉だ。蒼が言われるままに扉を押すと、足下にちらちらと明かりがこぼれる。

「まあ……！」

明かりに導かれるように扉をくぐると、そこは夢の世界であった。

けして広くはない部屋だが、隅々まで上等な波斯絨毯《ペルシア》が敷き詰められている。三方は作り付けの本棚に囲まれており、そこには美しい本たちが並んでいた。穴蔵のような部屋だが、暗くないのは天窓があるからだ。天窓には白百合《しらゆり》をあしらったステンドグラスがはまっており、午後の光をきらきらと小部屋にばらまいている。

「素敵！　魔法使いの小部屋のようですね」

蒼は感嘆の熱いため息と共に、滅多にない興奮した声を出して本棚に歩み寄った。日本語、中国語、英語、独逸語。様々な文字で記された本たちのいくらかは、蒼が手品団で読んでいたのと同じものだ。さらに、初めて見るような大型本も数多く揃《そろ》っている。蒼はうっとりと本の背表紙を撫でていき、ふと、あることに気付いた。

「これは……ほとんどが医学書……？」

問いを投げて振り返ると、彼は蒼を真っ直ぐに見つめて告げる。

「そうだよ。あなたが欲しがっていたものだ」

なんということだろう。さっき確固たるものになった望みが、一瞬で叶《かな》えられてしまった。まるで魔法だ。宗一は魔法を使う。栞の君のころからそうだった。なんて素晴らしくて、なんて優しくて、なんて完璧なひとなのだろう。

蒼は自然と、顔全体に笑みを浮かべていた。薄化粧の下でほんのりと頬を赤らめ、蒼は一生懸命宗一に話しかける。

「……！　ありがとうございます！　宗一さまは、私の心が読めるのでしょうか？　私、頑張りますね。いつか宗一さまに離縁されても……」

「離縁はしない」

即答されて、蒼はびっくりしてしまう。

「宗一さま」

名を呼んでみるものの、次に何を言っていいのかはわからない。

宗一はしんとした瞳で蒼を見つめていた。静かな眼《め》ではあるが、とてつもなく強い意志がそこにあるのはわかった。宗一は一歩、二歩と蒼に近づき、胸と胸が触れあいそうな距離でやっと止まる。蒼がとっさに視線を逸らしそうになると、宗一はわずかに早く蒼の手を取り、ぎゅっと握りしめる。蒼は動けなくなってしまった。

宗一は腰骨に響く美声で囁く。

「わたしより先に死ぬのも許さない。わたしが死ぬまで、あなたはわたしを診ていてほしい。これは、そのためにあらかじめそろえておいたものだ。だから、どうか、離縁などと口にしないでくれ。わたしは死ぬまで、わたしの全力で、あなたを守るから」

強い声。強い、言葉。世間の恋人同士が言うような、浮ついた『死ぬまで』ではない。宗一の言う『死ぬまで』は、本物。おそらく他の言葉も、本物。

唯一無二だ、と、宗一は言っている。蒼は宗一にとって、唯一無二だ。

蒼は宗一の死に目を見る人間だ、と、宗一は言っているのだ。

「もったいない、お言葉です」

頭がくらくらしてたまらない。美しい小部屋の景色は遠くなり、蒼の視界には宗一しかいなくなる。嬉しい、と、思った。今、自分は、多分嬉しい。こんな素晴らしいひとに求められて嬉しい。どんな形であれ、生涯を誓われて嬉しい。

結婚というのがこういうものなら、蒼は、嬉しい。

自分のすべてを一緒くたにして捧《ささ》げてしまいたいほどに、嬉しい。

「私……本当に、宗一さまの嫁になったと、思っていいのでしょうか……？　看護婦ではありますが、お心の欠片《かけら》をいただけたと思っても……？」

蒼がかすれた声で囁くと、宗一は不意に冷たい顔をした。

「それはいけない。わたしには、そんな資格がないからね。あなたはあくまでわたしの看護婦で、これからわたしの援助で医学を学ぶのだ。親類連中の絶縁も、しばらくはしないでおこう。そのほうがあなたに人脈ができる。あなたはわたしからもぎ取れるものを全部もぎ取って、先へ進みなさい」

「そ……そう、です、ね」

蒼はうなずきながら、胸が冷たく、重くなっていくのを感じる。はしたないことを言ってしまった。自分は看護婦。その立場を忘れてはいけない。立場を忘れなければ、医者になれるかもしれない。……本当に？

脳裏に蘇《よみがえ》るのは、上野で見た医師の往診の光景だ。黒い革の鞄を持った医師と、彼に付き従う袴姿の女性。まだ少女というべき年齢だろうに、彼女の瞳は強かった。何かに戦いを挑むものの瞳で、医師に付き従っていた。自分があああなれるというのだろうか。

考えこんでいると、宗一が優しく蒼の顎を上向かせ、瞳をのぞきこんでくる。

「あなたの目はきっと、医者になるために授かったものなのだよ。……いいね？」

ごくごく小さい声なのに、不思議と逆らえない囁きだった。蒼は熱にうかされたように答える。

「……はい、宗一さま」

「いい子だ」

冷たく底光りしていた瞳の光が薄れ、宗一の心の壁が薄くなる。その瞬間に、蒼は宗一の瞳に深い悲しみを見た気がした。

なぜだろう。このひとは何もかもを持っているのに。

なぜ、私を見て、こうも悲しげな目をするのだろう……。

◇

「よろしいのですか」

闇からしみ出すような榊の声に、宗一は本の頁《ページ》をめくる手を止めた。

華やかな婚礼の午後は過ぎ、時は夜。日が暮れるころには、ひとり、またひとりと客が帰っていって、夕食のころには城ヶ崎本邸はすっかりいつもの顔を取り戻していた。

　蒼とふたりの夕食を終えた宗一は、早々に寝台にいる。いくつものやわらかな枕に預けた上半身を身じろがせ、宗一は壁際にたたずむ榊に視線を向けた。

「何がよろしいんだ？」

　蒼に向けるときとは打って変わって、ひどく乾いて冷たい声で言う。返す榊の声もまた、昼間とは違ってどことなく不躾《ぶしつけ》だ。

「結婚当夜に、花嫁を放っておかれていてよろしいのかな、と思いまして」

「放っておいてはいないだろう。本を与えた」

　あっさりとした答えに、榊はぎょっとしたようだ。いささか心配そうな声を出す。

「正気ですか？　旦那さま」

「世間の人間よりは、幾分か正気だと自負しているが」

　宗一はつまらなそうに言い、布団の上に置いた本に視線を戻す。少し暗いな、と思った次の瞬間には、歩み寄ってきた榊が枕元のランプを調節してくれた。

　かいがいしく宗一の世話を焼きながらも、榊は腑《ふ》に落ちない様子で喋り続ける。

「洒落《しゃれ》たことを言ったからといって、どうなるものでもありませんよ。そもそも、支援をしたいだけなら養子でもよかったではないですか。もしくは下宿人という手もあった。わざわざ結婚ということにしたのだから、それなりにお気持ちがあるのでしょう？」

横でそんな話をされてしまったら、再び本の中に没入するのは無理な話だ。宗一は深く長いため息を吐いて、眉間に出来た皺《しわ》を指先で伸ばした。

確かに、日本に戻る前はそんなつもりだったのだ。ひとを遣《や》って長らく探していた蒼を見つけだし、最低限の支援をして、それで見守っている気になっていた。彼女にやる気があれば、女学校に行かせてもいいと思っていた。だが、そこまでだった。

その気持ちががらりと変わったのは、日本に帰ってきて、手品団の公演を見に行ったときだった。蒼が拾われた手品団は宗一の想像のはるか下、とでも言おうか。安い金で演者をこき使っているのは明らかで、蒼も安っぽい、男をあおるような衣装で舞台に上がってきた。唖然《あぜん》とした。

だが、舞台上で宗一と向き合った蒼は——美しかったのだ。

姿も、宗一を見つめた瞳も。

そして何より、その叫びが。ひとを騙して金を取るなど、と叫んだ声が。宗一の不調を見抜いたあげく、見ず知らずであろう自分を『助けたい』と告げた魂が、美しかった。

彼女に圧倒されながら、宗一は思わず自問したものだ。

どうして自分は、こんなにも長く蒼のことを放っておいたのだろう？　彼女は泥の中でも必死に咲き続けていたというのに、その間、自分は何をしていたというのか。

彼女を引き取ることを本気で検討し始めたのは、あれからだ。

「お気持ちは、もう何度も説明したはずだ。養子では遺産分けだと言われて、身内の猛反対に遭う。下宿人では愛人と噂が立つ。結婚ならば周囲はしぶしぶ認める。お互いに気持ちはなくとも、これが一番いい形なのだ」

宗一は自分に言い聞かせるように言う。

実際には、どういう形で引き取るか決める前に蒼から手紙が届いた。結婚、と書かれた手紙に居てもたってもいられなくなり、あらゆる計画も思惑も吹き飛び、ついに宗一は自分から婚礼の日を狙って押しかけたのである。

「――あなたがそうおっしゃるのなら、わたしは従いますが」

榊はまだまだ含みのある声で返してきた。

宗一は読書を諦めて本を閉じ、己のまぶたも閉じる。

「……わたしの態度が不満ならばはっきり言ってくれ。疲れた」

閉じたまぶたの裏は真っ黒のはずなのに、宗一はそこに蒼の姿を見つけてしまう。

真っ赤な錦木の下にたたずんでいた蒼の姿。

彼女はまるで、燃えさかる炎の中に立つ西洋の女神のようだった。

すらりとした長身は折れそうなほどに華奢《きゃしゃ》だが、とてつもなく強い光を宿す瞳が弱々しさを払拭する。

蒼の面立ちは素晴らしく美しい。彼女がどう否定しようと、揺るぎない美がそこにある。少し面長な顔に配置されたすっきりとした鼻梁《びりょう》と、意思を感じさせる真っ直ぐな唇。そして化粧をせずともはっきりとしたアーモンド形の瞳。美少年と美少女の間をたゆたうその美しさは、何に喩《たと》えたらいいのだろう？　一輪挿しの大輪の白百合か。

その美が意思の力に支えられて燃え上がるのを、宗一は見た。

「不満とは少し違います。お互い、もう一線は退いたのです。旦那さまも、そろそろお心を取り戻してもよいのではないかと、そう申し上げようと思っておりました」

蒼の姿の向こうで、榊が同情めいた声を出す。宗一は思わず、唇だけで笑う。

「……心というのは、そうそう簡単に捨てたり取り戻したりはできないものだよ」

「それは……」

「下がりなさい、榊」

穏やかに、それでもきっぱりと言う。

榊は何か続けようとして、結局言葉を飲み込んだようだった。

「はい。では、失礼いたします」

短い返事だけして去って行こうとするあたり、榊はやはりいい部下だ。

宗一はうっすらと目を開け、榊の背中に声をかけた。

「ああ、それと」

「はい？」

「蒼は例の書斎で必死に本を読んでいるはずだ。冷えないように、毛布と飲み物でも持っていってあげなさい」

「かしこまりました、城ヶ崎宗一さま」

榊は深々と一礼し、扉の向こうへと消える。

宗一は扉が閉まり、榊の足音が遠くなっていくのを聞いてから深いため息を吐いた。

閉じた本を押しのけて、両手を組んで自分の目を覆う。

そうまでしても、まぶたの裏の蒼の姿は消えない。

まぶたの裏の彼女は、宗一を見据えて言う。

『やはり宗一さまのお心のまま、ご親戚方とは絶縁いたしましょう』

凛々《りり》しく発せられた言葉を聞いた途端、宗一の心は遙《はる》か昔に引き戻されてしまった。

十年、いや、二十年も前だろうか？　宗一がほんの幼い少年だった頃、美しい母を亡くしてほどない頃。本郷《ほんごう》の小さな家からこの屋敷に連れてこられ、厳しい教育と激しい陰口にさらされた、幼い日々。

よりによってあの頃に一番欲しかった言葉を、蒼は口にしたのだ。

『宗一さまがお決めになったことならば、私はどこへでもついて参ります』

蒼が『サトリ』ならば、宗一も訓練によって作られた『サトリ』だ。蒼が嘘を吐《つ》いていないのはよくわかった。だから心が震えた。八歳の気持ちになって叫びたくなった。

『行こう、蒼。一緒に行こう。いずこへか、行こう』

そう言って、蒼の手を握りしめたかった。けれど、もう宗一は八歳ではない。蒼と手に手を取って逃げるには歳《とし》を取ってしまった。

彼女との約束を守らなかった自分に、彼女の手を取る資格はない。

何より、見えない不調の鎖がこの体を寝台に縛り付けている。

「……蒼。自由におなり」

宗一はまぶたの蒼に向かって、かすれた声で語りかけた。

先へお行き、蒼。

自分などに引っかかっていてはいけない。恋などしてはいけない。自分に何も奪われてはいけない。先へ行くのだ。たったひとりでも生きていく力をつけ、世に求められるようになるのだ。自分などどうでもいいと思えるところまで行くのだ。彼女にはできる。彼女にならできる。蒼はそう生まれついている。

そのために、自分もなるべく思わせぶりなことをしてはいけない。

自分は蒼の兄であり、父でなくてはいけない。

彼女の心を助け、自尊心を育てるだけの愛を注ぎ、それ以上は与えてはいけない。

恋など、ここにはないのだ。

彼女の未来のために。

――けして、あってはならない。

第三話　医学校と飛べぬ蝶《ちょう》

婚礼の秋が過ぎ、冬が来た。

冬の間は宗一《そういち》の具合も思わしくなく、蒼《あおい》は宗一の枕元でひたすら看護にいそしみ、合間合間で医学書をひもとく日々であった。寝る間も惜しむような数ヶ月だったが、蒼にとっては楽しいことがたくさんあった。

まず、素晴らしいお屋敷《やしき》で、素晴らしい宗一の傍らにずっといられること。

宗一に教えてもらったホットココアの美味《おい》しさ。

これも宗一に口移しのように教えてもらった、独逸《ドイツ》語の響き。

宗一は体調が悪くとも少しも荒れることなく、調子がよいときは蒼を枕元に呼んでいろいろな話をしてくれた。窓辺に降り積もる雪を眺めながら、宗一と共に独逸語の歌を歌ったこともある。洋酒を垂らしたココアを抱えて宗一の美声に酔いしれていると、そのまま異国の年末年始に紛れ込んだような気分になったものだ。

そうして自然と蓄えた独逸語知識は、医学書を読むとき役に立った。

目の前で次々と新たな知の扉が開いていく。

今まで見えていただけのものが名前を得ていくのは衝撃であり、快感だった。

そうして降った雪も解け、水が温《ぬる》み、春が来たとき。

蒼はついに、医学校へ通うことになったのだった。

◇

「本当に大丈夫ですか、奥さま。中までついていきましょうか」

少し低い位置からした声に、蒼は小さく首を振る。

「心配はいらないわ、ハチクマ。これからは、送ってくれなくても大丈夫」

「だけど、医学生は柄が悪いですよ。野獣みたいな奴らだ」

むっとした顔で言うのは、蒼が手品団で世話を焼いていた少年、ハチクマだ。

とはいえ、以前の知り合いは同一人物だとは思わないだろう。それだけ血色も肉付きもよくなっていたし、口数も増えたし、ほんの数ヶ月で背も伸びた。着ているものも地味だがきちんとした生地と仕立てだ。嫁いでから一番の蒼のわがまま。それが、ハチクマを雑用をする使用人として雇ってもらうことだった。

いいところの丁稚《でっち》でございい、といった様子のハチクマを見下ろし、蒼は微笑《ほほえ》む。

「あなたや私のほうが、よっぽど柄が悪いわ。これからひとを救う医者になろうという方々が、野獣なわけがないもの」

蒼は言い、目的の建物に向き直った。目の前にそびえ立つ洋風建築は全体的に薄緑に塗られ、窓枠やら破風やらは清潔感のある白だ。日本の大工が作った木造の洋風建築には、『鷹泉総合医院《たかいずみそうごういいん》』と、『鷹泉医学学校』、両方の看板がかかっていた。

蒼が宗一のもとに嫁いでから半年ほど。

蒼はこれから、この私立の医学校に通って医術開業試験を目指すことになる。

日本の近代医療における女医の歴史は、明治から始まった。

明治十七年、女性にも医術開業試験の受験が許され、男性と同等の資格を与えると定められたのである。明治はまだまだ男尊女卑の強い時代。女性の受験解禁から二十年近く時が経《た》った蒼たちの生きる時代も、近代医学は男の世界だった。

医学校もほとんどは男子学生ばかりと聞いて、蒼がひるまなかったわけではない。

それでも入学を決めたのは、宗一の病が相変わらず原因不明であるせいだ。医学に邁進《まいしん》すれば、いつか彼の病を突き止めることができるかもしれない。それには、独学では限界がある。宗一を思うと少々心がざわめき、蒼はため息を吐く。

「それはそうと、宗一さまは大丈夫かしら。私が離れている間に何かあったら……」

「それ、もう十回は聞きましたよ。旦那は榊《さかき》さんがついてるし、大丈夫……」

呆《あき》れた調子で言うハチクマを、横から屈強な男が押しのけてくる。

「どいたどいた！　ここは女子どもの来るようなところではないぞ！」

ハチクマはむっとした顔で振り返り、蒼の勉強道具を抱えて声を上げた。

「お前みてぇな熊が来るところでもねぇ！　なんだ？　山に帰る道を忘れたのか？」

「おっ、このガキ、威勢がいいな！」

医学生は黄ばんだ歯を剝《む》いて、着物の袖をまくりあげた。

時刻はちょうど登校のころ。周囲には他にも医学生たちが山ほどいたが、そのほとんどは若い男だ。ひたすら勉学に明け暮れているせいか、むさ苦しい姿の者も多い。

喧嘩《けんか》の気配にも、面白そうに視線を投げるか、面倒くさそうに無視をするかだ。

ハチクマは小さな体で肩をいからせ、蒼の前に出る。

「浅草《あさくさ》っ子をなめるんじゃねえ！　俺は……」

そこまで言ったところで、蒼はハチクマの前に出た。そうして深々と頭を下げて、慣れた謝罪を口にする。

「うちの使用人が失礼いたしました。私に免じて、どうぞお許しくださいませ」

いかにも身なりのいい女がひどく下手に出たので、相手は拍子抜けしたのだろう。途端に語気を緩めて、決まり悪そうな口調で返す。

「はあ。……ひょっとして、入り口を間違っちゃいませんか？　医院はあっちですよ」

「私は医学生として、こちらに入学を許可されたのです。目障りかとは思いますが、頑張って参りますので、どうかお目汚しをお許しください」

「医学生。貴女《あなた》が。お目汚しっていうより、掃きだめに鶴とでも言いますか……」

医学生はもごもごと言いながら、四角い顔を赤くし始めた。

蒼はそんな医学生を不思議に思って見つめる。心拍数は上がっているが、発熱しているというわけではなさそうだ。とはいえ息も苦しそうだし、視線は定まらないし、

『お大事に』と声をかけるべきか。

「あの……」

「破廉恥ですッ！」

唐突に、医学校の門前を鋭い叫びがつんざいた。氷を食べたときみたいな、きんきんと頭に響く高い声だ。

「な、なんだ？」

医学生は焦って声のほうを見る。蒼も同じほうを見て、はっと息を呑《の》んだ。

「あなたは……」

蒼がそれ以上言う前に、声の主は一気にまくし立てる。

「こんなところでなんですか、やに下がった顔をして。それで難関の医術開業試験を通ろうなんて、笑止千万です！」

腰に手を当てたそのひとは、ずいぶんと小柄だった。蒼より顔半分以上は小さいのではないだろうか。波打つ髪を女学生風にまとめ、着物に羽織《はおり》姿の少女である。大きな目と長いまつげは西洋のビスクドールを思わせるが、表情がとにかくキツい。彼女にきりきりと見上げられると、屈強な医学生はうろたえて小さくなってしまった。

「藤枝《ふじえだ》くんか」

「藤枝くんか、ではありません。色事に時間を割くより、ひとつでも病名を覚えたらいかが？　私はいつも、そうしております！」

「わかった、わかった。勘弁してくれ」

医学生はそそくさと居なくなり、藤枝と呼ばれた少女は、ふん、と鼻を鳴らす。

「なんだ、あのお嬢さん。やけにキツそうですね」

ハチクマはいささか嫌そうな顔で少女を見ているが、蒼は夢中になって彼女の近くへ歩み寄っていく。

「藤枝さん。あの……不躾《ぶしつけ》ですが、一度、上野《うえの》で姿をお見かけいたしました。お父さまの往診の助手をされていたときに」

「それがどうしました？　大体あなた、お名前は？」

キツい目つきで睨《にら》み上げられ、蒼は丁寧に頭を下げた。

「申し遅れました、私、城《じょうが》ヶ崎《さき》蒼と申します」

蒼が名乗ると、少女のまとう雰囲気がじわりと変わった。どことなく湿っぽいような暗さを漂わせながら、少女はつぶやく。

「そう。噂《うわさ》の、城ヶ崎伯爵の奥方さま」

「噂なのですか？　私は」

きょとんとした後、蒼は淡い不安にさいなまれる。一体どういう噂なのやら、と思っていると、少女は小さくて平らな胸を思い切り張って宣言をした。

「私は藤枝千夜子《ちよこ》。残念ですけど、私、自分と同等か、自分より頭のいい人間にしか興味がありません！」

蒼はびっくりして瞬きをする。なんと勇敢で、竹を割ったように爽やかな人なのだろう。自分とは全然違う、と見つめていると千夜子は鼻の上に皺《しわ》を寄せて続けた。

「乱暴者は嫌いだし、お金でねじこまれた莫迦《ばか》はもっと嫌い」

「なんだとぉ……？　喧嘩売ってんのか、てめぇ!?」

ハチクマはいきり立つが、蒼はそっと彼の肩に手を置く。

「大丈夫です、ハチクマ。私も、乱暴者と、お金を振り回す方は好きではありません」

蒼は丁寧にハチクマに言い聞かせたが、ハチクマはなんともいえない妙な顔をした。

おや、なんだろう、と思っていると、千夜子の顔もぴくりと引きつる。いかにも怒りを抑え込んでいる顔で、千夜子は言う。

「……ちなみに『乱暴者』はあなたのおつきのことだし、『莫迦』はあなた自身のことだけど、わかってる？」

「そうだったのですか!?　それはそれは、鈍くて申し訳ありませんでした……。ハチクマにはよく言って聞かせます。ただ、私が莫迦なのはそうそう治りません。これから私のことは無視していただくなり、気晴らしに罵倒するなりしていただければ嬉《うれ》しいです」

蒼は慌てて言い、千夜子に向かって深く頭を下げた。

千夜子はというと、それ以上蒼を罵倒するわけでもなく、大いに顔を引きつらせて突っ立っている。女二人のやりとりに、周囲には学生の人垣が出来つつあった。荒くれた医学生たちが自分を見ていることに気付くと、千夜子は勢いよく顔をそらす。

「城ヶ崎さん……あなた、気味の悪いひとね！」

吐き捨てるように千夜子に言われ、蒼は深くうなずいた。

「その通りでございます。生まれ落ちてからこの方、そう言われてばかりです」

「……ッ！　こんなの、話にならないわ！」

千夜子は言い捨て、あとは真《ま》っ直《す》ぐに校舎に入っていってしまった。

◇

医学校への入学後、数日は比較的穏やかに過ぎた。

蒼にとっては医学校で見るもの、聞くこと、やること、何もかもが新鮮で面白かった。毎日毎日、疲れも忘れ、ほとんど芸術的とも言える様々な症例の拡大画に見入り、骨格標本をしげしげと眺め、講師たちの話に聞き入った。既婚の女という立場から、他の学生たちには遠巻きにされているが、勉強に没入していれば気にはならなかった。

そもそも蒼は、遠巻きにされるのには慣れているのだ。

「やあやあ、遅くなってすまないね、諸君!」

ざわめきの満ちる教室に、今日も快活な声が響き渡る。

教室の扉を開けたのは若い医師であり、医学校の講師でもある在澤《ありさわ》だ。彼は透けるほど青白い肌にさらさらの栗毛《くりげ》、瞳も緑がかった茶色で、西洋人らしさと日本的な美貌が見事にせめぎ合う美男子だった。そんな在澤が真っ赤な液体の飛び散った白衣を羽織ってやってきたので、生徒のほとんどはぎょっとする。

「在澤先生っ、血が!」

男子学生に叫ばれ、在澤はきょとんと自分を見下ろした。

そしてすぐに、まばゆいばかりの笑顔になる。

「すまんすまん! これはただの試薬だよ。手術の後に着替えもせずに教鞭《きようべん》を執ることはないさ。大丈夫だから席につきたまえ!」

はきはきと言って教壇に立つ在澤を、蒼は教室の片隅からぽかんとして見つめた。

今日初めて見るが、なんとはつらつとしたひとだろう。自分にひどく自信があるのだろうし、人生が楽しいのだろうが、どこかひどく急《せ》いているようでもあって……。

蒼がそんなことを考えていると、在澤とばちんと目が合った。

「あ……」

「おっ、君か、城ヶ崎家の奥さまは！」

在澤は透明度の高い瞳をきらめかせ、蒼を指さす。

途端にざっと教室中の視線が集まり、蒼は慌ててうつむいた。在澤はそんな蒼の様子は気にもせず、上機嫌でまくしたてる。

「みんな見なさい、彼女は独学で国内で手に入る医学の参考書を全て読み、学校長の口頭試問で満点を取った秀才だ。甘く見ていると、開業試験の合格を横からかっさらわれるぞ！　張り切ってやりたまえ！」

ざわり、と教室がざわめき、学生たちの視線が鋭くなった。

医術開業試験は難関で、後期試験を抜けるには十倍近い倍率を勝ち抜かねばならない。医学校では皆が競争相手だ。

蒼は深くうつむくが、視界の端には千夜子の着物の赤がちらつく。

この教室に、女性は千夜子と蒼、ふたりきり。その千夜子の視線がひときわ強いのを感じて、蒼は慌てて参考書を開いた。

書物の中に沈みこんでしまえば、不安も決まり悪さも消えて、一気に知識が頭の中に入ってくる。合間合間に挟まれる在澤の話も、ほどよく参考書の行間を補ってくれて、知識全体を美しいまるみを帯びたものに整えてくれた。

知識がころころと体内に入ってくると、蒼は徐々に気持ちが沸き立ってくる。

やはり学校は素晴らしい。専門家の話は素晴らしい。今までの自分は病の兆候らしきものを見かけても、曖昧な知識でしかそれを相手に伝えられなかった。そこが補強されていく。なんと言っていいのかがわかり始める。

さらに学んでいれば、どうしたら治るのかもわかるようになるだろう。いずれは宗一の病が何かもわかるかもしれない。

それはなんて素晴らしいことなのだろう！

自分は傍観者ではなくなる。気味が悪い目を持っているだけの妖怪ではなくなる。見ることの先が出来ていく。自分自身が広がっていくかのような感覚にたゆたいながら、蒼はいつしか食い入るように在澤の話を聞いていた。

「では、ここまで！　各自きちんとおさらいをしておくように」

在澤の声で、蒼はやっと我に返る。ほんの一瞬だったような気がするのに、もう授業が終わってしまった。本心を言えば、もっと聞きたい。名残惜しい気分で在澤を見つめていると、在澤は蒼に向かって派手な笑みを浮かべた。

「あと、城ヶ崎くん！」

「は、はい……！」

なぜ呼ばれたのかわからずに、蒼は慌てて立ち上がる。

かちこちの蒼に、在澤はあくまで明るく告げた。

「今日は独逸語の授業もあるからね！　楽しみにしているといいよ」

「はい。ですが、私、独逸語はもうあらかたわかるのですが……」

小首をかしげて答える蒼。周囲からは落ち着かない気配が立ち上る。

なぜだろう、と蒼が控えめにきょろついている間に、在澤は爽やかに片手を挙げる。

「あははは、素晴らしいッ！　みんな負けないようにな！」

若い医師兼講師はそのまま出て行ってしまい、教室には微妙な空気が残された。

不自然な間を置いてから、やっと学生たちはざわざわと言葉を交わして立ち上がる。

次は教室移動があるはずだ、と思い、蒼も急いで立ち上がった。

その横から、素っ気ない声が飛ぶ。

「女は得だな」

見れば、ひょろりとした眼鏡の男子学生だ。背は高いものの前髪も長く、どこか幼い少年の気配を残している。

気分を害しただろうか、と思い、蒼はおそるおそる聞いてみた。

「どのへんが、得なのでしょう？」

男子学生は蒼と目を合わせようとせず、早口で答える。

「さて。劣等生の自分にはわかりかねます。ただまあ、藤枝女史には気をつけたほうがよろしいのでは？　あなたが来るまで、ここの女王陛下でしたからね」

「藤枝さんが女王。おかわいらしいですものね」

なるほど、と納得していると、男子学生は奇妙なものを見る目で蒼を見た。

蒼と男子学生の視線が、ぱちんとかち合う。

同時に自然と男子学生の情報が蒼の中に飛びこんできた。顔色は悪い。寝不足だろうか？　伸びやかに育った痩躯《そうく》の腰が曲がっているのも、遅くまで勉強していたから？　痛みを感じている人独特の臭いもする。やはり熱心な苦学生か。だとしたら、きれいな着物を着て医学校に来る女学生に文句をつける気持ちもわかる。

蒼は静かに顔を伏せ、勉強道具を抱えて廊下に出た。

次は階段教室で、初の人体解剖の見学だったはず。実際の人体の中を見られるのは貴重な経験だ。恐ろしい気持ちもあるが、どちらかといえば期待と興奮のほうが大きい。

蒼は急いで階段教室に向かおうとして、体の大きな男子学生に行く手を阻まれた。

「おっと、失礼。城ヶ崎さんでしたか？」

「はい、城ヶ崎と申します。すみません、階段教室はこちらでしょうか？」

蒼がおそるおそる顔を見上げて聞くと、屈強な男子学生はうっすら笑って言う。

「この先は、臨時の病室だ。階段教室なら連れて行って差し上げよう。こっちだ」

「ありがとうございます、ご親切に……」

蒼は深く頭を下げつつも、淡い違和感を持て余している。

この男子学生には見覚えがある。初登校のときにハチクマと言い争った学生だ。あれ以降言いがかりをつけてくることはないが、たまにちらちらとこちらを見ていることがある。だから何だとは言えないのだけれど。

蒼がためらいながらついていくと、学生は医学校を抜け、渡り廊下で繋《つな》がっている医院へと向かった。医院といえど入院設備もある立派な施設だ。先導の学生はなおも大股で歩き続けて医院すらも通り抜け、中庭へ続く扉を開く。

「あの。このままですと、外に出てしまうような気が致しますが……？」

蒼は辺りを眺めつつ、学生について中庭へ出た。

ロの字形の病院に囲まれた中庭は、ところどころに普段使われていないであろう備品やら、穴の空いたソファやらが積まれているだけの寂しい場所だ。

学生はくるりと振り向くと、やっと顔全体で笑った。

「確かに外だ。普段からあまり人も来ない中庭ですよ。サボるにはうってつけでしょう？」

「……何か誤解があったようです。申し訳ございません。私は次の授業に出ますので、ここで失礼いたします。あなたはこちらでごゆっくり」

医学校の勉強はとにかく大量の暗記に、実習。異国語を使うこともあり、疲労は半端ではない。疲れすぎたならサボるのも仕方ない、と、蒼は深く頭を下げる。

もっともこの学生より、さっきすれ違った学生のほうがよほど疲れているようには見えたけれど。

さて、自分は階段教室を探すのだ、と身を翻そうとすると、急に手を取られた。蒼はぎょっとして摑《つか》まれた自分の手首を見つめ、男子学生の顔を見上げる。

「どうされました……？」

「せっかくなんだ、ここでもう少しお話でも」

笑みを浮かべたままの彼の顔には疲労などない。学業への飽きもなさそうだ。むしろその瞳は少々脂っこい光をまとって蒼を見つめている。

獲物を見つめる野犬のような目。

「一体なんのお話を……」

うろたえた蒼はつぶやき、ふと、男以外の視線を感じて上を見た。

ちら、と誰かが二階から中庭を見下ろしているのが見えた気がする。すぐに引っこんだせいで顔はよく見えなかったが、翻った長い髪は見ることができた。ゆるくうねった長い髪。動きの素早さからして患者ではない可能性が高く、髪を結い上げていないあたりから看護婦ではなさそうだった。

千夜子。その名前が蒼の頭にぽかんと浮かぶ。

ひょっとして、千夜子がこの学生をけしかけたのだろうか。蒼を引き留め、授業に出させないようにした？　蒼が気味悪くて、みっともなくて、同席するのが嫌だから？

ありえないことではない、と思っているうちに、男子学生は蒼を引き寄せる。

「そうですなあ。蒼さんはどんなお話がお好みです？」

強い力に逆らえず、蒼は男子学生の胸にぶつかった。ひとの熱を感じる。男の熱。

途端に胸の奥がむかむかして、蒼は少々驚いた。

この感覚は、なんだろう。今まではこんなことはなかったように思う。宗一に触れられても、その熱は蒼の熱と心地よく混ざり合うばかりだったはずだ。

「放していただけませんか……？」

徐々に酷《ひど》くなってくるむかつきに焦り、蒼は身じろぐ。

男子学生はがっしりと強い力で蒼を捕らえたまま、耳に顔を近づけてきた。

「つれないことをおっしゃる。あなたが人妻なのは重々承知ですよ。しかし旦那さまは留学から帰ってきてからご病気で、屋敷にこもりきりとの噂だ。きっと外国で遊んでらしたんでしょう。あなたは寂しさを紛らわせようと、こんな男所帯にいらしたんでは？」

あまりに意外な話が続き、蒼はきょとんとして学生を見た。

そして、はっきりと言い返す。

「あなた、無礼ですね」

「あ？」

男子学生は戸惑った様子だが、蒼は珍しく後悔していない。

蒼は少し高い位置にある男子学生の顔をじっと見ると、たしなめる口調で続けた。

「私のことはどれだけけなしても構いません。ですが、宗一さまのことをけなすのは許しません。あなたに宗一さまの何がわかりましょう？　あの方は、私のすべてです」

そうだ、宗一は蒼のすべて。蒼の世界そのものと言っていい。それを否定されては蒼の世界そのものが終わってしまう。逆らわねばならぬ。あらがわねばならぬ。そのためになら、自分はどうなっても構わない。

そう思ったとき、男子学生の頭上から何ものかが飛来した。

男子学生も気付いたのだろう、はっとして空を振り仰ぐ。直後、立派な鷹が男子学生のいがぐり頭にかじりついた。

「うわっ！　いてててて！」

男子学生は大混乱で、必死に鷹を叩《たた》き落《お》とそうとする。しかし鷹は立派な爪を学生の頭皮に突き立てたまま、びくともしない。

見覚えのある猛禽《もうきん》の姿に、蒼は目をまん丸にして叫んだ。

「ハヤテ！　あなた、どうして……」

ハヤテは宗一が大事にしている鷹だ。なぜこんなところに、と思っているうちに、ハヤテが嘴《くちばし》で男子学生の顔をつつこうとする。

「ハヤテッ！　やめて！」

蒼が叫んだ直後、落ち着いた低い美声が響く。

「ハヤテ、おいで」

ハヤテはすぐにその声を聞きつけて、男子学生の頭を蹴って飛び上がった。

「ひい！　ひいいい……！　だ、誰か、誰かぁ！」

男子学生は額からたらたらと血を垂らしつつ、言葉にならない悲鳴を上げて病院内に駆けこんでいく。飛び上がったハヤテは、ばさり、と羽音を立て、男子学生と入れ替わりで現れた男の腕に止まった。

「……！　宗一さま……！」

その男を見て、蒼は思わず声を上げた。

ハヤテを腕に止めた宗一は、蒼に向かっていつものように微笑んで見せる。

「蒼、無事かい」

「それはもう、ごらんの通りです。むしろ宗一さまはいかがです？　今朝は確かに具合がよろしかったとは思いますが、学校にはなんのご用で？」

ついつい矢継ぎ早に問いを投げてしまった。

上等なツイード生地の三《み》つ揃《ぞろ》えを身にまとった宗一は見るからに貴族的で、狩り場にやってきた英吉利人《イギリス》のようだ。うっとりしたい気持ちはあれど、それより健康状態のほうが気になってしまう。少しの不調も見逃すまい、と顔を見上げていると、不意にふわりと抱きしめられてしまった。

「宗一さま、めまいですか……？」

ハヤテが慌てて宗一の腕から背中に移る。蒼は戸惑いがちな問いを投げながら、宗一の体を抱き留めた。

「いや——少しこうしていれば、大丈夫だと思う」

宗一は顔を伏せたまま言い、どことなく自嘲気味に笑ったようだ。

何が何やらよくわからないまま、蒼はそうっと宗一の体を抱き直した。ただなんとなく、そうしたほうがいいように思えたのだ。腕の中の体はほんのりと温かい。人の熱が宿っているのはさっきの学生と同じなのに、宗一とふれあうのは少しも不快ではなかった。

不思議だ、と思っていると、宗一はのろのろと姿勢を正してしまった。彼は少し疲れた笑みを含んで、蒼を見つめる。

「すまなかった。蒼が昼間家にいないと寂しくてね。追って来たんだよ」

「え……？」

蒼はびっくりして言葉を失い、じっと宗一を見る。まさか、この方にそんな思いがあるとは思えない。彼の屋敷には自分などいなくとも、山ほど使用人がいるのだ。買い物をしたければ店員を呼びつければいいし、城ヶ崎家の事業に関わる相談で、屋敷の前に自動車や人力車が並ぶことも珍しくない。

でも、それでも、万が一本当に宗一が寂しいと思っているのなら……。

蒼はとっさに宗一の顔からすべてを読み取ろうとしてしまったが、宗一はすぐに色っぽく笑み崩れた。完璧に自分の心を覆い尽くし、美しく絞られた上着の腰に手をあてる。

「と、いうのは嘘《うそ》だ。今期からわたしは、この学校で独逸語講師を担当する。だから、不良学生を成敗するのも職務のうちでね」

「独逸語、講師」

口の中でつぶやいているうちに、在澤が言っていたことを思い出した。今日から独逸語の授業が始まるだの、楽しみにしていろだの、彼が言っていたのはこういうことだったのだ。わかってしまうと素直な喜びが湧いてきて、蒼は思い切り笑顔になった。

「本当ですか……？　本当ですね？　嬉しいです、宗一さま！」

蒼の勢い込み方が激しかったせいか、宗一は少し驚いた様子だ。

「おや、思いのほか大歓迎だね。あなたはもう、独逸語はずいぶんとできるはずだが」

「独逸語を教われるのも嬉しいですが、宗一さまが学校にいらっしゃること自体が嬉しいのです。学校には医院も併設されておりますし、私もいつでも駆けつけられますから」

蒼が上機嫌で言うと、宗一は一瞬困ったような顔になり、すぐに笑んだ。

「あなたは本当に優秀な看護婦だね。職務に忠実だ」

「はい。医学校に来たのも、宗一さまのためですので」

蒼は当然のように言うが、宗一はさらりと視線を逸《そ》らしてしまう。中庭から医院へ戻る扉を開けながら、宗一は言う。

「……学校に来ているときは、おおむね職員控え室にいるつもりだ。いつでもわたしの体調を見張りにおいで。だが、まずは講義だ」

「はい！　お手柔らかにお願いいたします」

蒼は深々とお辞儀をして、扉を押さえていてくれる宗一に駆け寄る。

その途中で、頭上になんらかの気配を感じた。ふと足を止めて見上げてみると、そこにはさきほどと同じ景色が広がっている。開け放たれたままの窓の向こうには、淡く誰かの気配が残っているような気がした。

翻った長い髪の残像を思い出しながら、蒼はもう一度歩き出す。

今度は、宗一の腕にほんの少しだけ手をかけて。

◇

どうやら自分は千夜子に嫌われているらしい――と蒼が気付いたのは、男子学生に中庭で絡まれた後だった。

気をつけてみれば、千夜子は自分と目を合わせない。

その割に、授業中は刺すような視線を感じることがある。

確実に嫌われた。嫌われはしたが、実習中などに決定的な邪魔をされることはない。

そこは千夜子のいいところだ、と蒼は思う。気に食わない人間がいようと、いまいと、とにかく勉強はするということなのだろう。実際、千夜子はかなりの成績優秀者だ。

そんな千夜子の邪魔にならないように、と心がけながら勉学に打ちこんでいた蒼だが、ついに千夜子と真っ向から向き合うことになった。

蒼たち医学生が、駆黴院《くばいいん》での検査助手にかり出された日のことである。

「いいかげんにしやがれっ、この、助平爺《じじい》ども！」

部屋を揺るがすような大声で叫び、女が勢いよく立ち上がる。

左右に控えていた助手の男子学生は、女の勢いに振り切られてよろめいた。

「威勢がいいなぁ。座りなさい、座りなさい」

頭をぽりぽり搔《か》いて面倒くさそうに言うのは、白髪の老医師だ。

蒼と千夜子は老医師の背後に控え、大いに青ざめて立ち尽くしていた。

ここは駆黴院。

遊郭近くに建てられた施設で、娼妓《しょうぎ》の健康診断をする施設である。健康診断と言っても身長体重を計るわけではない。国外から入ってきた性病、梅毒の検査をするための施設なのだ。室内には派手な柄の着物をまとった娼妓たちがずらりと居並び、皆すさまじい形相で老医師や蒼を睨んでいる。真ん中に置かれた椅子は検査のためのもので、患部を効率よく検査することができる代物だ。梅毒の患部とは、すなわち陰部ということになる。

さっきまでそこに座っていた女が、ダミ声を張り上げて椅子を殴りつけた。

「こんな破廉恥なもんに座れるか！　あんたらどうせ、タダであたしらの大事なとこが見たいだけなんだろ！」

「やれやれだな……こっちも仕事なんだがねえ」

老医師は椅子にどっかりと座り直し、天井を見上げてしまった。

これは一体どうしたらいいのだろうか。初めて検査にかり出された蒼には、どうしたらいいのかわからない。検査法を考えれば娼妓たちが抵抗する理由はよくわかる。座面をくりぬいた椅子に座らされて陰部の表面と内部を観察されるなんて、気が進まないのも当然だ。

とはいえ、梅毒検査は大事だ。怠れば、客も、娼妓達本人も体を損なうことになる。

と、そのとき、千夜子が一歩前に出た。

「少しくらい聞き分けたらどうですか。定期的な検査は法律で定められております。法をやぶるようなら、ここで商売はできませんよ！」

たたき付けるような口調に、蒼はびっくりして千夜子を見た。千夜子はいつも通りつんとした様子で、当然のことを言った、とでも言いたげな表情だ。

一方の娼妓達は、一気に色めき立つ。

「なんだい、あんた！　偉そうにふんぞり返りやがって。そこの爺の妾《めかけ》か!?」

娼妓に怒鳴られ、千夜子は失笑を浮かべた。

「私は医学生です。これから、立派な医者になるのです。妾なんかになる必要はありません。いずれ父の屋敷と医院を継いで、患者の行列を作ってみせますから」

「なんだぁ……？」

千夜子の高慢な言いように、娼妓たちの目はつり上がった。蒼ははらはらしながら老医師を見る。ここは責任者である彼がどうにか取り持ってくれないと、と思ったものの、老医師は自分の頭をなで回しながらため息を吐くばかりだ。

仕方ない、と、蒼はぐっと拳を握った。

千夜子のため、娼妓のため、医療のため、と言い聞かせ、蒼は千夜子に声をかける。

「……藤枝千夜子さん。その言い方は、さすがによくないかと思います」

「城ヶ崎蒼さん、あなたと口論をする気はありません。今日の私たちは先生の助手。おどおどびくびくして満足にその役目も果たせないなら、とっとと帰ったら？」

千夜子は蒼を見ようともせずに言い放つ。蒼はさらに言いつのろうとしたが、それより先に、娼妓がひりついた笑みを浮かべて身を乗り出してきた。

「へえ。おちよってぇのかい、あんた？」

「千夜子、です。耳も聞こえが悪いのですか？　なんなら私が、耳を診てさしあげましょうか。もちろん陰部の後で、ですが」

千夜子は見下す視線で、自分より背の高い娼妓を見上げる。

途端に娼妓は顔色を変え、唾を飛ばしながらまくしたてた。

「けっ、莫迦にしやがって！　お花《はな》、おちよは、この業界じゃあ忌み名だよ！　不吉な女め、とっとと帰れ！」

扉のほうを指さされ、千夜子はさすがに驚いたようだ。西洋人形みたいな目を丸くしたのち、険しい表情で前のめりになる。

「なんですか、それは。名前が千夜だからどうだっていうんです⁉」

千夜子は叫ぶが、すでに場の空気は変わってしまっていた。今まで黙って様子をうかがっていた娼妓たちも、険しい顔で千夜子を見ている。

「そうだよ、女のくせに男医者の味方しやがって。帰れ帰れ！」

「あんたなんかに触られたら、そこから腐っちまう！　触るんじゃねえ！」

「なっ……！　なんで……⁉」

千夜子は真っ青になり、息を呑んだ。

小さな拳がぶるぶると震えているのを見て、蒼はとっさに彼女の手首を掴んだ。

「ここは我慢してください、藤枝さん」

懸命に訴えると、千夜子は猛然と突っかかってくる。

「なぜ私が我慢するんです⁉　この人達は何も我慢してないのに、どうして私が⁉　この人達、梅毒の怖さを全然わかってない！　しかも、お母さまのつけてくれた名前に文句をつけて……失礼じゃありません？　だったら勝手にすればいい。醜く腐って死ねばいいのよ！」

「藤枝さんっ！」

蒼が悲鳴のような声を上げる。

次の瞬間、娼妓が拳を握って千夜子に殴りかかった。

蒼はとっさに千夜子を押しのけ、自分が娼妓の拳を食らう。

ぱきり、と拳が頬骨に当たる乾いた音が響き、激しい痛みが頬で爆発した。

蒼は大きくよろめいたが、倒れはせずに踏みとどまる。体格的に恵まれているのが、こういうときはありがたい。

千夜子は何が起こったのかわからなかったのだろう。ぽかんと蒼を見つめていたが、すぐに我に返って声を上げる。

「城ヶ崎さん、何をやってるの⁉」

蒼はそんな千夜子を自分の後ろへ押しやり、娼妓に深々と頭を下げた。

「みなさん、大変申し訳ありません。千夜子さんはひどく無礼なことを申しました。お花、おちよは、お鼻、落ちよ、のこと、本当に知らないのだと思います」

「へえ。あんたは知ってんだ」

娼妓は驚いたように蒼を見つめた。

「は……？　何、それは」

千夜子は狐《きつね》につままれたような顔だ。

蒼は大急ぎで千夜子に向き直ると、その両腕をつかんで話して聞かせた。

「藤枝さん。梅毒の症状は知っていますね？　薬を使えないまま症状が進めば、しまいには鼻が落ちるんです。こうして検梅を受けられるのは、きちんとしたお店の方たちだけ。店に属さずにお客を取る夜鷹の中には、鼻を失う女性達はたくさんいます」

話しながら蒼が思い出すのは、下町で見かけた光景だ。

浅草にも上野《うえの》にも、店に属さず客を取る私娼《ししょう》、いわゆる夜鷹の類いは多かった。彼女らが手ぬぐいで隠した顔には、時たま鼻がないことがある。女の顔にぽっかりと空いた穴のことを思い出すと、蒼の喉には苦いものが広がった。

それを嚙みつぶして、蒼は告げる。

「皆さんが藤枝さんの名を忌み名としているのは、梅毒の怖さを充分に知っているからです。私たちなどに、言われるまでもないのです」

「だったら……おとなしく、検査を受ければいいじゃない！」

千夜子はうろたえた様子で、それでも強気な口調を崩さない。

蒼はそんな千夜子の目をじっと見つめ、意を決した。これから言うことは、ひどく差し出がましいことだ。だが、自分はそうしなければならない気がする。

だから、蒼は言う。

「私たちだけで、やりませんか」

「私たちだけでやるって、何を？」

戸惑う千夜子の顔が、どことなく幼く見える。いや、そもそも千夜子は幼いのかもしれない。立派な医者の家ですくすくと育ち、成績優秀。誰に否定されることもない人生。もちろん遊里《ゆうり》に寄りついたこともあるまい。諸々《もろもろ》の機微を知らないのは当然だ。だが、それでも、千夜子は女だ。蒼も女だ。だからこそわかることがあるはずだ。

そう信じて、蒼は続けた。

「私たちにはまだ医師の免状がありません。だから検梅の全てを行うわけにはいかない。でも、助手としてできることは、全部私たちがやりませんか。私たちは同じ女です。ここに集まってくださった方々も女です。女の痛みも恥も、私たちなら存じております」

切々とした訴えに、千夜子の瞳がゆら、と揺らぐ。

千夜子の中で、蒼の言葉が腑《ふ》に落ちていくのがわかる。千夜子と蒼と、ここに集まった娼妓たちは立場が違う。立場は違うが、女として生まれたことで生じる痛み、恥、そんなものは共有できる。そのことを認めれば、少しは前に進めるのではないか。

やがて、千夜子は歯を食いしばってうつむいた。

そのまま沈黙した千夜子を眺め、白髪の老医師はのんびりと言う。

「藤枝くんがいいんなら、そうしようか。実はね、こういうこともあろうかと、君ら女子学生を連れてきたんだよ。君らもいいよね。ね？」

そう言って振り返り、椅子の左右で沈黙していた男子学生に了解を取っていく。

男子学生達は互いに顔を見合わせたのち、それぞれうなずく。この状況だ、いたたまれない気持ちになっていたのだろう。

蒼がほっと胸をなで下ろしていると、千夜子がつぶやく。

「……私、やります」

「藤枝さん」

蒼は嬉しさのあまり、彼女の名前を呼んだ。千夜子は蒼に何かを言おうとして、きゅっと唇を噛《か》む。そののち、一歩、二歩前に出て、娼妓達に頭を下げた。

「……ごめんなさい。私が、未熟で浅はかでございました」

下手に出られてしまうと、娼妓たちもどこか決まりが悪そうだ。

前に出ていた女は大分肝が据わっていると見えて、腕を組んでにやりと笑う。

「ふん。なんだよ、威勢がいいかと思ったら、ほんとに威勢がいいのは、そっちの電信柱じゃないか」

電信柱、というのは、もちろん蒼のことだろう。

「久しぶりに電信柱と呼ばれました、私」

蒼は微笑んで言い、千夜子の隣で同じように深く頭を下げる。

そうしていると、凍えきっていた部屋の温度がほんの少しだけ、上がった気がした。

「はい、では始めよう！」

老医師がぱちんと手を叩く。それを合図に、室内を満たしていた混乱はすっと引いていった。男子学生たちは部屋の外へ出て、娼妓たちは改めて整列する。

蒼はその様子を見て胸を撫《な》で下《お》ろし、ふと、ひとりの娼妓に目を留めた。丸っこい鼻先にそばかすのある、純朴そうな若い娼妓だ。

彼女は、部屋から出て行く男子学生のひとりを、強い視線で追い続けていた。

◇

蒼と千夜子が梅毒検査から戻った後、医学校の面々は意外な光景に驚くことになる。

放課後の教室で、二人が向かい合って居残り勉強をしていたのだ。ひどく親しげというわけでもないが、今まではけして見られなかった光景だ。

男子学生たちは、一体何が起こったのかさっぱり理解できずに囁《ささや》き合う。

「もう、千夜子の蒼さんいじめは終わりってことか？」

「あれだけあからさまにやったのになあ。女の気持ちはよくわからん」

ぼそぼそと語り合いながら教室を出て行く男子学生たちを、千夜子がじろりと睨む。

彼らが足早に立ち去ったのを確認したのち、千夜子は軽く咳払《せきばら》いをした。

「城ヶ崎さん」

「はい……」

蒼は返事をしつつ、参考書を見下ろしつつ、まったく別のことを考えていた。

頭にあるのは梅毒検査で見かけた娼妓のことだ。それも、喧嘩を売ってきた女ではなく、最後に男子学生を見送っていた女。彼女のことが、なぜか心のどこかに引っかかって取れない。だが、なぜなのかはよくわからないのだ。これは一体なんなのだろう。

蒼が悩んでいる間にも、千夜子は少し赤くなりながら語り続ける。

「先ほどのことだけれど。私、自分が間違っていたとは思いません。気遣いが出来ていなかったぶんは、謝罪しましたし」

「はい」

「自分が努力家であることも、今後立派な医者になって藤枝医院を継ぐことも、もちろん何も変わりません」

「ええ」

「ただ、私にも少し思い違いがありました。蒼さん、あなたにも、多少は……いえ、それなりに……その、見所、と言うか、根性、と言うか……お、御礼《おれい》を……」

「……そうだ！」

蒼がはっとして顔を上げると、千夜子はびくりとした。

「な、なに？」

慌てて腰を浮かした千夜子に向き直り、蒼は真剣に告げた。

「遊里のことなら男性に聞くのが一番です。今日のことでどうしても質問したいことがあるので、宗一さ……城ヶ崎先生に、質問に行きます。一緒にいかがですか？」

「今日のことを、城ヶ崎先生に？　しかも、遊里のことを、旦那さまに……!?」

千夜子は唖然《あぜん》として聞き返すが、蒼はもう立ち上がっている。

「私たち、医学校では講師と学生です。あの場にいた千夜子さんにもご意見を頂けたら嬉しいので、是非行きましょう」

「ま、待って、本当に大丈夫？　わかったわ、私も一緒に行きます！」

慌てふためいた千夜子は風呂敷《ふろしき》包みの荷物を引っつかみ、蒼の後をついていった。

蒼はもはや前しか見えていない。真っ直ぐに職員控え室を訪れ、ノックをして扉を引き開ける。

「失礼いたします。城ヶ崎先生に質問があります」

蒼は煙草《たばこ》の煙でかすむ室内に声をかける。まばらな人々の間にひときわ長身の人影を見つけると、蒼は一礼して駆け寄っていった。宗一は声で蒼だと気付いたのだろう。手にしていた本を置き、薄い唇に煙草を挟んだまま微笑みかけてくる。

「どうしたね？」

「宗一さ……城ヶ崎先生。先生は、遊里に行かれたことはありますか？」

「…………」

宗一は黙りこみ、煙草をつまんでじっと蒼を見上げた。

「あっ、その、あの……」

千夜子が真っ青になって宗一と蒼を見比べる。宗一はそのまま煙草をもみ消し、にゅっと立ち上がると、まじまじと蒼の顔を見つめた。

「蒼。あなたのその顔はどうしたんだい？」

「顔がみっともないのは元からです」

蒼は当然のように答えるが、もはや宗一は取り合わない。

蒼の形よい顔を大きな手のひらで包むと、淡々と問いを重ねる。

「殴られたね？」

「あ、それはそうでした。でも、よいのです」

「よくはないな。誰にやられた」

宗一の声が鋭さを増したのは、傍《はた》で聞いている千夜子にもわかったのだろう。千夜子はきゅっと唇を嚙みしめると、深く頭を下げた。

「申し訳ございません！　城ヶ崎さんは、私をかばって、患者に殴られたのです……！」

「なるほど、そういうことか」

宗一はほんの少しだけ声を緩ませたが、視線はまだ蒼の顔にうっすら残った痣《あざ》に据えられている。蒼はというと、その間もずっと宗一の目を見つめていた。宗一が黙ったとみるや、堰《せき》を切ったように喋《しゃべ》り出す。

「先生、遊里は紳士方にとっては一種の社交場でしょう。きっと先生は行ったことがおありだと思うのでお聞きしますが、たとえば医学生が、客として遊里に出入りすることはありますでしょうか？」

「医学生が、か。同級生に、遊里に行っている気配があるのかい？」

「気配というか、本日は遊里の方々の検診だったのですが、娼妓の方が男子学生を食い入るように見つめていたのです。男子学生のほうはわざと無視しているようでした。何やらただ事ではない気配で、妙に気になってしまって……変ですね、私」

言葉にしてみると、何やら些細《ささい》なことだったような気もする。蒼が恥ずかしくなって目を伏せると、宗一はやっと彼女の顔を離した。そうしていつもの優しい調子に戻り、蒼の顔をのぞきこむようにして言う。

「あなたが何かを感じたのなら、きっとそこには何かがあるのだよ」

「先生……」

「あなたは生まれつき、たぐいまれなる観察力を持っている。ただし、観察だけでは真実に到達できないことも数多い。臨床医学もそうだ、症状が見えるだけでは病名を当てられず、治療法もわからない」

宗一の言葉はなめらかにこぼれだし、蒼のことを導く。彼は真っ直ぐに蒼の瞳を見つめて言う。

「あなたはきっと、学生と娼妓の『何か』に気付いた。だがそれが実際『何』なのかはわからないのだろうね。あなたは、『何か』の裏にあるものを知らない。遊里に入ったこともないわけだから」

「おそらくそうだと思います。先生はさすがです」

蒼は少々興奮してうなずいた。やはり、宗一は素晴らしいひとだ。頭がよく、勘もよく、経験も豊かだ。そして何より、蒼のことを蒼自身よりもよくわかっている。

宗一はゆっくりと椅子に腰を下ろすと、思案げに言う。

「さっきの質問に答えよう。学生も遊里には遊びに行くよ。田舎から送られた学費をすべてつぎ込んでしまった、などという話もよく聞くし、駆け落ち未遂の話も聞くね。もちろん身請けするような金などありはしないから」

「駆け落ち未遂」

蒼は口の中で繰り返す。

あの、娼妓の目。強い光を宿して男子学生を見送った目。

あそこに宿っていた思いはなんだったのか。あの険しい顔は、恋い焦がれて思い詰めた顔？　そんな彼女に丸まった背を向けた男子学生は、駆け落ちをする気などありそうには見えなかった。

考えこむ蒼の横で、やっと調子を取り戻してきた千夜子が口を出す。

「ひょっとして、検診で私たちへの当たりが強かったのも、そんな男子学生がいたからなのかしら？　だとしたら止めてもらわなくちゃいけません！　私、本当に彼が遊里に出入りしていたのか、調べて参ります！」

「藤枝さん、そんなことができるのですか？」

蒼が驚いて千夜子を見下ろすと、千夜子は少し決まり悪そうな顔になった。

「あら、城ヶ崎さんはわかっていると思っていましたけれど。私は、その、お喋りをするような男子学生は、何人もいますし」

千夜子が話す男子学生と言えば、蒼を中庭に連れ出した学生を筆頭に、学内でも少々乱暴で、強気で家柄のよい千夜子をあがめ奉る類いの学生たちだ。そんなことはさっぱり気にしていない蒼は、意外な助けに感動してしまった。

「ありがとうございます、藤枝さん。このまま何もなければよいのですけれど、どうしても、何か胸騒ぎがしてならないのです」

蒼がそっと千夜子の手を握ると、千夜子はどぎまぎと視線を逸らす。

「あなたのためにどうこうというわけではありません、私は私の正義のために調べるだけですから……！」

宗一はそんな蒼と千夜子を眺めてかすかに笑うと、蒼に向かって声をかけた。

「ならばわたしは、ハチクマに娼妓のほうを調べさせようか。榊をやりたいところだが、あれは家のことをやらねばならないし、ハチクマは浅草育ちだ。遊里をちょろついたりしたこともあるだろう」

「ありがとうございます……！　娼妓のお名前は明野《あけの》さん。妓楼《ぎろう》の名前も覚えておりますので、ハチクマをやりますね。先生が、遊里に詳しくて助かりました」

蒼が微笑んで言うと、宗一は微笑んだまま静かに固まった。

千夜子は何度かわざとせき込んだが、蒼にはその意味はわからない。

◇

「あの学生……樽上一郎《たるがみいちろう》は、とんだ遊び人でした」

千夜子は憤慨した様子で言い、包丁で栗《くり》蒸し羊羹《ようかん》を切り分ける。

学業の合間を縫っての捜査が続いた、一週間の後。蒼と千夜子、宗一、そしてハチクマは、放課後に医学校の客間を借りて報告会を催している。

羊羹は宗一のお使いでハチクマが買ってきた浅草土産だ。よく研がれた包丁によってつやつやかな栗が真っ二つになり、もったりとした美しい羊羹の断面があらわになるのを見つめながら、蒼は訊《たず》ねた。

「やはり遊里に入り浸っていたのですね？」

「それはもう！　最初はほがらかで学生同士の付き合いもあったらしいのですが、遊里に行ったら娼妓にすっかり惚《ほ》れこんでしまって、あとはそればかりだそうです。徐々に他の学生との付き合いも断ち、授業も休みがちだとか」

「付き合いも、授業も……。恋をすると、ひとはそうなるのでしょうか？」

蒼は首をかしげて千夜子を見た。

千夜子は蒼と視線を合わせると、慌てて首を横に振る。

「私は恋より学業です！　恋なんて、まださっぱりですから！」

「そうでしたか。私もよくわからないので、お仲間ですね」

「え……？」

千夜子はなぜか怪訝《けげん》そうな顔をする。

蒼は今度は宗一の顔を見上げた。宗一はちらと蒼のほうを見ると、困ったように微笑んで小首をかしげて見せた。

「そういうことは、せめて先生ではなく、旦那さまのときに聞いてほしいものだな」

「なるほど、それもそうですね。帰ってからにいたします」

蒼が答えると、千夜子が妙に調子っ外れの声を出す。

「蒼さんっ！　それはそうと、樽上さんですが、もうひとつ気になる噂があります！」

「なんでしょう、藤枝さん」

俄然《がぜん》興味を惹《ひ》かれ、蒼は前に身を乗り出す。

千夜子は栗蒸し羊羹の小皿を蒼に押しつけながら、ほんのり赤みの残る顔で言った。

「樽上は遊里通いで借金まみれで、そろそろ実家に呼び戻されるそうですよ。それが恥ずかしくて、難病だと言いふらしているのですって」

「難病」

千夜子の報告に、蒼の頭の端がちりちりっと音を立てる。

普段うつむきがちな、青白い顔色の男子学生。深く曲がった背中。彼の肌はどんな質感だった？　呼気の匂いは？　歩き方は？　ああ、何かがわかりそうな気がする――。

その間も、千夜子は喋り続けている。

「実家に呼び戻されるたびに調子が悪くなると言っているらしいのですが、どう考えても言い訳です。空気のよい実家に戻れば、大体の病はよくなるはず。きっと実家で借金のことを責め立てられて気分が悪くなったのを、病だと言い訳しているのでしょう」

「実家に、呼び戻されるたび」

蒼はその一点に引っかかり、千夜子を見つめた。

「樽上さんのご実家は、どこなのでしょう？」

「確か山梨《やまなし》です。在澤先生とご同郷という話でした」

千夜子の答えはよどみない。蒼はこれまでひとの故郷をあまり気にしたことがなかったが、それは自分が幼いころのことを覚えていないせいかもしれなかった。過去がある人々にとって、故郷は密接に関わる場所だろう。

「山梨……」

蒼はその地名を繰り返しながら、自分の知識のなさを嘆く。山梨といっても、はっきりとした情報が浮かんでこない。

宗一はしばらくそんな蒼を見つめていたが、ふとハチクマに向き直った。

「ハチクマ、お前のほうは何かわかったかい？」

ハチクマは大口を開けて栗蒸し羊羹を食べようとしていたところだったが、すぐにぱくんと口を閉じ、宗一のために喋り出した。

「大体、藤枝のお嬢さんが調べていらしたことと同じですね。樽上が明野って女と恋仲だったのはみんな知ってました。むしろ明野のほうが入れ込んでた感じでねえ。駆け落ちするんじゃねえかってみんなヒヤヒヤしてたけど、結局男のほうが実家に帰るってんで、最近は会ってないらしいですよ」

喋り終えてから、満を持して口の中に羊羹を放りこむ。しあわせそうに羊羹を咀《そ》嚼《しゃく》するハチクマを微笑ましく見つめつつ、蒼はそっと問いを重ねた。

「他には何かない？　ほんの些細なことでもいいの」

「些細なこと……明野がよく樽上のためだってんで、精のつくもんを買ってたとか？　ほら、肝焼きとか……いや、こりゃあ奥さまやお嬢さんに聞かせるこっちゃないですね」

ハチクマは言ってから体を縮こまらせ、宗一のほうを気にしている。千夜子も少々もぞついているが、蒼はさっぱり気にしない。小さく首を横に振った。

「私だって流浪の育ちよ。それくらいは平気」

「えへへ。俺は手品団の前は山奥だから……そうだ！」

「どうしたの？」

蒼が聞き返すと、ハチクマは楽しそうにまくしたてる。

「明野って女、俺と同郷でしたよ。山向こうの村出身だってんで驚いちまった。なんにもないところなんですよ。マタギと山菜採りくらいしかない。だから俺も売られたんだけど、仕方がないことです、ほんと、おぜぜをもらうのが難しいとこですから」

「そんなこと、関係ないんじゃありません？」

千夜子は呆れた声を出すが、蒼の頭の中では軽い火花が跳ねた。この感覚は、『サトリ』のときの感覚だ。情報が流れこんできて、頭の中で繋がっていく。

なぜだ。今の話のどこが、自分の中で繋がったのだ。

わからないまま、蒼は衝動的に問いを投げた。

「ハチクマ。故郷にお医者はいた？」

急な質問に、ハチクマは目を丸くする。

「医者ですか？　隣の村に産婆がいましたが、それだけですね。漢方医にかかるにゃ山を下りなきゃならないんで、普段は旅の薬屋から薬を買うんです。逆に、薬屋に熊の手だとか肝だとかを売ることもありましたね。ありゃあ結構金になる」

――無医村。山の中に住まう人々。そこを巡る薬屋。

マタギの家には解体小屋があり、運びこまれた鹿や熊を解体する。台の上で丁寧に切り分けられる肉。桶《おけ》に溜《た》まる血。切り分けられた肉が、別の桶に入る。自分たちで食べるところ。保存食にするところ。道具にするところ。そして、売るところ。

山道を踏み分けて、薬箱を担いだ男がやってくる。その日のために、漢方になる部位は大事に大事に干して取っておかれる——。

蓄積された情報が弾《はじ》け、蒼の頭の中に想像の山村が広がっていく。ハチクマの故郷であり、明野の故郷であるような山村だ。明野はそんな山村と、遊里しか知らない女だ。

「私……見えました」

蒼が呆然《ぼうぜん》とつぶやく。

場にいた一同は、みな蒼のほうを見た。蒼は、蒼だけは目の前の応接室でも、栗蒸し羊羹でもなく、想像の世界を見つめている。蒼はそのままふらりと立ち上がった。

同時に宗一も立ち上がり、蒼にそっと手を伸ばす。

「蒼、何が見えたんだい？」

宗一の手が肩に触れたのを感じ、蒼はぼんやりと宗一の顔を見上げる。宗一が自分を見ている。どことなく心配そうに伏せられた目の中を、蒼はじっと見つめ続ける。

そこには自分の姿が映っていた。

そこにもうひとつの真実がある気がして、蒼は言う。

「宗一さま。少し、見せていただいてもいいでしょうか？」

「何をだい？　心を見たいのだとしたら、わたしはそんなもの持たない男かもしれないよ」

穏やかに言い返す宗一の台詞《せりふ》は、いつしか『先生』のものではなくなっている。千夜子はそのことに気付いたのだろう、ほんのり赤くなってうつむくが、蒼当人は宗一の態度の変化になど気付けなかった。

ただ、ひたすらに見つめていた。宗一の目の中の自分を。

宗一を見つめる自分。その目の色を。

この目の色。

検診のときに樽上を見ていた明野の目の色と、同じだ。

と、言うことは——。

そのとき、唐突に応接間の扉が開いた。

「おお、やった！　ここには居残りがいたな」

度を越して明るい声を出したのは、医学校の講師で医師でもある在澤だ。

「在澤先生、どうされました？」

振り返った千夜子を指さし、在澤はにこにこと言う。

「やあやあ、藤枝くん。それと、城ヶ崎のご夫婦もか。そっちの少年は何者だ？　まあいいか。よし、全員僕についてきてくれ」

「どうなさったんです？　何かお急ぎですか？」

蒼は奇妙な胸騒ぎを感じながら立ち上がる。在澤の態度は奇妙だ。宗一どころかハチクマまでついてこいというのは、よほど人手がいる事態に違いない。一体何があったのか。

ばらばらと立ち上がった四人を見回して、在澤は爽やかに告げた。

「明野という遊女が自分の腹を刺したのだ！　下男が我々を呼びに来た。手術道具一式持って、往診にいくぞ！」

◇

蒼たちが通う医学校は本郷区《ほんごう》は駒込《こまごめ》近辺、帝国大学《ていこくだいがく》からもさほど離れていない場所にある。駒込から遊里、吉原《よしわら》へはさほど遠くはない。さらに宗一が医学校に自動車を乗り付けていたのもあって、蒼たちが遊里にたどり着いたのは早かった。

とはいえそろそろ空は紫色に暮れなずみ、遊里は賑《にぎ》わいを増してくる頃合いだ。

蒼たちは、遊びの客たちを押しのけ、押しのけ、明野のいる置屋へとたどり着いた。

「さあさ、こちらで……こちらでございます！」

置屋の下男が先へ立ち、蒼たちを導いていく。

「さあ、どいたどいた！　お医者のお通りだぞ！」

在澤が明るく叫んで置屋につっこんでいくと、主人がばたばたと表に出てきた。

「どうもどうもお医者さま、わざわざご足労いただきまして……」

「うん、挨拶はいいから、患者はどこだね？」

こんなときでも、在澤は満面の笑みだ。いっそ空恐ろしいくらいだが、在澤はどうもこういう人間らしい。他人が緊張するような場面でこそ笑い、大手術となればなるほどわくわくとつっこんでいく。そんな人間もいるのだな、と蒼は在澤を見つめて思う。

それはそうと、この置屋の空気はなんだろう？

遊女仲間が腹を刺し、医者が来たというのに、遊女たちがこちらを見る目は戸惑い気味のような、迷惑そうな、不思議な感じがする。往診を受ける家の感じではないのだ。

置屋の主人も、どこか遊女達と似た半端な表情で言う。

「それが……もう、お医者さんはいらしてまして」

「ん？　それはどういうことかね？」

大きく首をかしげる在澤に、置屋の主人は答える。

「そのまんまの意味でして。この下男を送り出したあと、『自分は医者だ』と言って、医者鞄《かばん》を持った若者がやってきまして。確かに早いなあとは思ったんですが、まあ、早いにこしたことはないんで、そのまんま通しました。あれは……誰だったんでしょう？」

「誰だったって、そんなことを聞かれてもなあ」

在澤は呆れた声を出し、下男は呆気《あっけ》にとられた顔で主人に迫る。

「なんですって？　俺は真っ直ぐ医院に行って、この先生を連れて来たんですよ？　明野があそこの先生じゃなきゃやって言うから、わざわざ！　それを、別の医者を入れたってぇんですか!?」

「いや、だってねぇ……」

曖昧に目を伏せる置屋の主人を見て、蒼は猛烈な嫌な予感におののく。蒼はぎゅうっと拳を握ると、叫んだ。

「そのお医者さまと明野さんは、どちらにいらっしゃいますか！」

「はあ。うちの裏の、物置を貸してございます。そこで治療をするとおっしゃって……手伝いは要らないという話でしたが」

いきなりの蒼の勢いに鼻白みつつも、主人は答える。

それを聞いて顔色を変えたのは、意外にも今まで上機嫌そうだった在澤だ。彼はいきなり置屋の上《あ》がり框《がまち》を手のひらでばんばんと叩いて主張する。

「手伝いは要らんだぁ？　覚えておいてくれたまえ！　まともな医者ならそんなことは言わないよ。外科手術の際には、人手はいくらあっても足りんもんだ！」

「は、はあ……」

「みんな、行くぞ！」

在澤は叫び、そのまま身を翻して置屋を出て行く。すかさず下男が走り出し、在澤を先導した。

「ご案内いたしやす。こっちです、こっち！」

案内された先は、置屋の裏手だ。表の華やかさとは一変して闇に沈んだ一角に、細い光の筋が走っている。その筋を視線でたどれば、物置の引き戸の隙間から漏れた光だと気付くだろう。在澤は真っ直ぐに乗り込もうとしたが、ごく自然に宗一が前に立った。

「わたしが先に開けましょう。在澤先生、横へ」

「ん？　なぜだ？　けが人の手当は一刻を争う。僕が先に立ったほうがいい」

在澤は怪訝な顔をするが、宗一は気にせず物置小屋の中の気配をうかがっている。

「明野は腹を刺したというんでしょう？　だったらこの小屋の中には刃物がある。開けた途端に刺される可能性は零ではない……ふむ。しかし、殺気はなさそうです」

あっさりと言い、宗一は一気に扉を引き開ける。

「！」

蒼は息を呑み、宗一に駆け寄ってその袖を摑んだ。

彼が刺されるくらいなら、自分が身代わりになりたい。そう思ってのことだった。

だが……どうやら、物置小屋の中から短刀片手に飛び出してくる者は居ないようだ。

物置小屋の中は、天井から吊《つる》されたオイルランプでほの明るい。暗い裏庭に、じんわりとした明かりと、甘い血の臭いが吐き出されてくる。

宗一は鋭く中を一瞥《いちべつ》すると、すがっている蒼を抱くようにして後ろへ下がった。

「危険はないと見ました。在澤先生、あとは頼みます。充分お気をつけて」

「任せたまえ！　無事かね、医者が来たぞ！」

在澤が乗りこみ、続いて千夜子が中に入る。

「お手伝いします！　うっ……」

小さな声を出したのは、千夜子だ。

蒼も千夜子の後から中に入って、じっと目をこらす。

物置小屋は四畳半くらいの大きさで、半分くらいは荷物で埋まっていた。

明野らしき女は小屋の隅にうずくまっており、『最初に来た医者』らしき人物は、その前に呆然と座りこんでいる。袴《はかま》にとんびコート姿の男だが、呆《ほう》けているのか、入ってきた蒼たちを見ようともしない。

オイルランプから散った光が、女の腹あたりで、きら、と跳ねる。

――まだ、刃物が刺さったままなのだ。

最初の医者は、何一つ、まったく手当らしきことをできていない。そう見た途端、蒼の血は沸騰するかのように熱くなった。在澤も、千夜子も同じだったのではないか。

患者を前にして何もしない医者など、蒼には信じられなかった。

「すぐに出血の具合を見て、手当をせねばなりません。そこをどいてください！」

千夜子が鋭く叫び、座りこんだ男を押しのける。力なく押しのけられた男の顔が見え、蒼は無意識のままに唇を噛んでからつぶやいた。

「樽上さん……」

「はぁーん……そういうことか」

樽上の顔をのぞいたハチクマが、くるりと宗一を振り返る。彼はそのまま、威勢よくまくしたてた。

「こいつぁ振り袖火事ですよ、旦那さま。火事のときに出会った男に再会したいってんで火事を起こした、八百屋お七《しち》と同じだ」

「何が言いたいのだね、ハチクマ」

宗一は穏やかに聞き返す。こんなときなのにひどく落ち着いたひとだ。そして、何を考えているのかわからないひと。

一方のハチクマは興奮を隠すこともなく、自分の考えをまくしたてる。

「この明野は、遊里に寄りつかなくなっちまった樽上を引きずり出すために、自分の腹を刺したんですよ！　ひょっとしたら樽上は、どこの学校に行ってんのか、遊里じゃ言わなかったのかもしれない。だけど検査でそれがわかった。あの学校に医者を呼びにいきゃあ樽上が来るかも知れないってんで、明野は自分の腹を刺し、下男をやったんだ！」

「なるほどね。しかし、ならばなぜ、我々より先に樽上がここにいるんだい？」

「そりゃあ、下男が在澤先生にことの次第を話してるときに、医学生の樽上はまだ病院にいたんでしょう。でもってぴゅっと遊里にやってくる。そして、『自分が医者だ』と言って明野と二人になる」

ハチクマは夢中になって喋っている。利発な子だ。そして、すれた子だ。幼いころから男女の愛憎を見つめているがゆえ、彼の結論は生々しい。

ハチクマは一息おいてから、自慢げに言い切る。

「もちろん、自分の手でとどめを刺して、女の恨みを断ち切るためでさ！」

「――違う」

気付けば、蒼の口からは否定の言葉がまろびでていた。

宗一が蒼を見る。ハチクマも慌てて蒼を見上げる。千夜子もちらとこちらを見る。在澤は明野を見ている。そして、蒼は。蒼自身は、樽上と明野を見ていた。

サトリの目で。

途端に、猛烈な量の情報が押し寄せてくる。樽上の顔色は、女を見殺しにするショックのせいか？　おそらくそれだけではない。樽上と蒼の初対面は、蒼が医学校に入学したあと、ほどないときのことだった。あの日すれ違ったときに感じた呼気の匂い。明らかに消化不良のある者の匂いだった。あのときは疲れているのだと思った。しかし、今思えば樽上の呼気からはかすかな血の臭いもしていた。消化器系が冒され、炎症を起こし、出血している可能性がある。青白い顔色は貧血の気配だ。背中が曲がっているのは、おそらく腹が痛いか、腹に異常があるのだ。今見るとはっきりとわかる。痩せぎすな樽上の腹は、不思議なくらい膨らんでいる。

樽上は病気だ。

難病の話は嘘ではない。

そして、明野の腹で光っているのは——。

「違う……」

呪うような声が、辺りに響いた。

皆がはっとして声のほうを見る。明野だ。

ぴくり、と明野の肩が動き、強烈な熱がこもった目で蒼たちを睨みつける。

「違う、違う、違う、違う……！　帰れ、お前ら、邪魔だ！」

けが人とは思えない勢いで、明野が怒鳴り散らす。

在澤が顔をしかめ、千夜子に声をかけた。

「千夜子くん、彼女を押さえるのを手伝ってくれ！」

「はい、在澤先生。ほらっ、おとなしくしなさい！　死にたくないでしょ！」

千夜子は明野の肩を押さえ、強い口調で言う。

が、明野はものすごい勢いで、千夜子の小さな体を振り払った。

「きゃっ！」

悲鳴を上げて、千夜子が地べたに尻餅をつく。

在澤はすかさず千夜子を支え、白々とした眉間に皺を寄せて叫んだ。

「やめたまえ、君はけが人だぞ！　まだ刃物も刺さってる、下手に動いて内臓を傷つけたらどうする！」

明野は荒い息をつきながら周囲を睨みつけていたが、在澤の声でぴたりと止まる。

それでもおとなしく治療される気はないようで、腹の傷を両手で隠すようにして歯を食いしばり、黙ってしまった。

「何だと言うんだ、君は。治療されたくないのか？　残念ながら僕は君を治療したい。いざというときのために男手も連れてきた。縛り付けてでもやり遂げるぞ」

在澤は両手を腰に当て、難しい顔で言い放つ。男手、と呼ばれたのは宗一のことなのだろう。しかし、男二人でねじ伏せるなんて、と蒼は宗一を見つめる。

その目に何を見たのだろうか、宗一はじっと蒼を見ると、彼女の手を握りこんだ。

「蒼。見えたんだね？　ならば、見えたものを言い給《たま》え。大丈夫だよ」

わかってくれている。知ってくれている。その事実が、握られた手から伝わる淡い熱が、蒼に自信をくれる。背筋を伸ばしてくれる。

蒼は長く息を吸い、はっきりと言う。

「樽上さんは、明野さんを殺そうとはしておりません」

「……奥方さま、だけど」

ハチクマは慌てた顔で反論しようとするが、蒼は一心に明野を見ていた。さっきまでひどく荒い息をしていた明野の肩の動きが、徐々に収まってくる。彼女が蒼のほうを意識してくれているのがわかる。

おそらく、蒼には真実が見えたのだ。そう信じて蒼は続ける。

「あなた、彼に自分をあげたかったのですね。おそらくは、胆嚢《たんのう》を」

「…………は？」

千夜子が呆気にとられてこちらを見た。東京《とうきょう》の医者の家庭に生まれた千夜子にはわかるまい、と蒼は思う。明野が樽上に胆嚢を与えようとした気持ちは、ハチクマのような山奥から来た者にしかわからないのだと思う。

蒼は続けた。

「樽上さんの病気は詐病ではありません。何の病気なのかは私が不勉強でわかりませんが、おそらくは血の病気。血が全身に悪いものを運び、体の各所で炎症を起こしております。消化器も大分やられているし、貧血もある。おそらくは肝臓も悪い」

切実に、しかし確実に積み重ねられていく診断に、在澤と千夜子が目を瞠《みは》る。蒼が優秀な医学生だと知ってはいても、触れもせずにこの診断ができるのは人間離れしている。

気味悪がられるかもしれない、と、蒼は思う。でもそれは慣れていた。嫌われるかもしれない、とも思う。でも蒼はそれでも生きていける。肩に乗った宗一の手があるから、きっと生きていける。

蒼は明野を見つめて、言葉に力をこめた。

「樽上さんと恋仲であった明野さんは、樽上さんの病気を知っていた。そして、どうにかしてあげたいと思っていたはずです。ですが明野さん、あなたの出身はハチクマと同じ山の奥。遊里に来るまでは、西洋医療に触れたことはほとんどなかったはず」

そこまで言って、蒼は一旦言葉を切る。

ハチクマは言っていた。故郷の人々は、わずかな現金収入として動物の一部を売ると。薬種として珍重されるのは、必ずしも熊やクジラだけではない。古来より、万能薬としてもっと珍重されてきた動物がいる。

それは。

「ひょっとしたら……あなたの故郷では、まだ、『人間の内臓が薬になる』と信じられていたのではないですか？」

蒼の言葉に、ぱっと明野の顔が上がった。蒼と明野の視線がかち合う。明野の顔にあったのは驚愕《きょうがく》と――どこか安心したような色だった。果てしない荒野でやっと人間に出会えたひとのような、そんな顔だった。

ぽかんとした沈黙をやぶったのは、千夜子の悲鳴じみた声だ。

「人の内臓が、薬ですって⁉　この明治の世に、そんなことがありますか！」

千夜子はとてもではないが、目の前の現実を認められないのであろう。もはや地団駄でも踏みそうな勢いだ。

そんな彼女をなだめるように、宗一が落ち着いた声を出す。

「残念ながら、文明は開化したとはいえど、世の隅々までを照らすには荷が重い。裏で人間の肝が売買されているという話は、何度か聞いたことがある」

千夜子は絶望したような顔で宗一を見上げ、口をぱくぱくさせた。

「そんな……そんなことが……」

そんなことが、あるのだ。この世には。

この日本という国は思ったより広くて、山は高くて、森は深い。

蒼は袴が汚れるのも気にせず、物置の土間にそっと座した。

「明野さん。樽上さんは、あなたから逃げたりなどしなかったのですね。本当に病気で実家に帰るだけ。樽上さんは今日、あなたに最後の挨拶をしに来たのでしょう。しかしあなたは……樽上さんへの餞別《せんべつ》にと、自分の胆嚢を引きずり出そうとしているところだった」

自分で口にしながらも、蒼は明野と樽上の物語に驚いてしまう。

愛とはそこまで先鋭になれるものなのか。この世の神秘をのぞきこむような気持ちで、蒼は続ける。

「置屋の騒ぎでそれを知った樽上さんは、『医者だ』と名乗ってあなたとふたりきりになり、あなたの思いを聞いたのでしょう。――明野さん、あなたが隠しているのは腹の傷ではなくて、腹に刺さっているものですね？　おそらく、ナイフではなく、医療用のメス」

蒼が静かに言い切ると、明野の手がびくりと震える。指と指の隙間から垣間《かいま》見《み》えるのは、華奢《きゃしゃ》で美しい刃物である。今は血にまみれたその柄には、アルファベットが刻まれていた。I．Tは、おそらく樽上のイニシャルであろう。

このメスはひょっとすると、樽上から明野への置き土産だったのかもしれない。

そう思って、蒼はやっと樽上の顔を見た。さっきまですっかり呆けた様子だった樽上の顔は、いつの間にやら意志の力を取り戻したようだ。青白い顔に真剣な表情をのせ、明野をじっと見つめている。

蒼は少しほっとしたような気分で言いつのる。

「樽上さんを見る明野さんは、私と同じ、大事なひとの病を心配する眼《め》をしておりました。ですから明野さんは、ずっと樽上さんを助けたかったのだと思います。恋よりも、愛よりも、助けたい気持ちが大きかったのだと思います。でも……おそらく、死んでまで渡そうとした明野さんの内臓に、薬効はないのです」

最後は、苦いものを吐き出すような気分で告げた。この現実が明野を絶望させなければいいと祈っていたが、それが虫のいい祈りだとも知っていた。

物置にはしばし、沈黙が落ちる。

やがて、明野がうめいた。

「ん、く」

「痛いのですか？　明野さん」

はっとして、蒼は明野のほうへにじり寄ろうとした。

すると明野は顔を上げ、派手に笑い出したのだった。

「ん……あ、は、あは、あ、あはははは！　いやいや、ご高説だったねぇ！」

「明野……」

切実な声で明野を呼んだのは樽上だ。彼はまだ何か言いたげだったが、結局無言で片膝をつき、明野を見つめ続ける。

明野は樽上を見つめ返すと、途端に切ない瞳になって囁いた。

「なぁにが、恋だの恨みだのではない、だ。これはねぇ、恋だ。恋だよ。猛烈な恋だったよ。そのことだけは、誰にも奪えやしない。恋だったんだ。恋したんだ」

「恋……」

蒼はつぶやき、思わず自分の胸を押さえた。

目の前の明野の激情が、自分の胸に流れこんでくるような気分になったのだ。

明野はのろのろと体を起こす。ざんばらな髪が額に落ちて、ほとんど幽鬼のようなありさまだ。明野は血走った目で樽上を見つめて、必死に言葉をつむいでいく。

「恋した男が、死にそうだって言った。だったらあたしの腕の中で死んでほしいと思ったんだ。でも、嫌だって。死ぬところは見せたくないんだって。だったらあたしが死んでやろうと思ったわけさ」

言葉の苦さに唇をゆがめ、明野は腹に刺さったメスに手をかけて叫んだ。

「そうだ……死んでやるよ。せっかく観客も来てくれたしねえ、見せつけてやろうじゃないか！　あんたがくれた大事なもので腹の中身をぶちまけて、今ここで死んでやるッ！　薬効がないんなら捨てろ！　西洋医学とやらであんたは生きて、医者になれよ！」

「明野ッ！」

切羽詰まった明野の声を凌駕《りょうが》する大声で、樽上が叫ぶ。

彼は眼鏡の奥からぼろぼろと涙をこぼし、土間を這《は》うようにして明野ににじり寄った。

「明野……すまない。寂しい思いをさせて、本当にすまない。勝手に病に倒れて、すまない。最新の西洋医学でも、俺の病は、原因不明だ。地元ではよくある病で、おそらく、治らない……」

治らない、と彼が告げた瞬間、明野の表情がぼろりと崩れる。硬くこわばっていた頬が震え、目の端から大粒の涙が絶え間なく落ちてくる。

明野の手が、土をつかむ。

「なんでだよ……医者になるんだろ……医者はこんな臓腑《ぞうふ》より、いい薬持ってんだろ？　だったら、治るだろ。治るんだろ……？」

震える明野の肩を、目の前までたどり着いた樽上がしっかりとつかんだ。そうして涙まみれの顔で明野の顔をのぞきこむと、切々と訴えた。

「明野。最後にひとつだけ頼みがある。——俺に縫われろ」

縫うのは何か。もちろん、明野の傷だろう。明野の涙が一瞬止まる。震えのほうはさらに酷くなり、明野は見るからにぶるぶると震える唇で囁いた。

「一郎さん」

今までとはまったく違う、甘くほどけた声で呼ばれた、樽上の名前。

樽上は深くうなずき、明野の両肩を握りしめたまま、ぐっと頭を下げた。

「お前で、お前の体で、今だけ俺を医者にしてくれ」

明野ははっとした顔で息を呑み、そのまま体をこわばらせる。

樽上の申し出の、なんと切ないことだろう。

樽上はとうに自分の病が治らないことを知っていた。知った上で医者になろうとしていたが、病の進行具合からそれが叶《かな》わないこともわかっていた。それなのに明野の悲しみを見て、明野の恋の深さを見て、今ここで、医者になろうとしているのだ。

樽上への恋の結果としてできた傷口を、自分で縫うことで。

そのことは明野にもしっかりと伝わったのだろう。再び流れ出した涙で顔をぐちゃぐちゃにしながら、明野はかすれ声を絞り出す。

「あい……」

明野はそのまま、深くうなだれた。

黙って様子をうかがっていた在澤が、ぱぁん、と平手を叩き合わせて音を出す。

「よし、手術だ！　ここでやるぞ！　執刀医、樽上一郎！」

在澤に指さされ、樽上は背をぴんと伸ばした。

「はい！」

在澤はいつものふざけた調子をすっかり消して、樽上に力強くうなずいて見せる。

「僕が助手をする。明野さんは必ず助かる」

「はい……！」

樽上の目には再び涙が盛り上がったが、泣き出すことはなかった。力強くうなずき、その場で立ち上がる。在澤はにこっと微笑み、次に蒼たちのほうを向いて手を叩いた。

「さあ始めよう！　城ヶ崎くん、藤枝くん、準備だ！」

「はい！」

「はい……！」

千夜子と蒼も我に返り、物置は手術前の慌ただしさに包まれた。

◇

緊急手術が終わったあと、明野と樽上は病院に担ぎ込まれた。明野は術後の処置と入院が必要だったし、樽上の体調も故郷に帰るどころではなかったのだ。

『あとは僕が看《み》よう！　何、こう見えて、仕事にかかれば体力は無尽蔵だ』

威勢よく叫んだ在澤は、確かに奇妙なほどの生気に輝いていた。

在澤に全てを任せ、千夜子と別れ、宗一と蒼が屋敷に帰ったのは翌朝である。無理をした宗一を早く寝かせなくては――と寝室に送っていったはいいが、彼の脈を取っているうちに蒼の意識は遠のいてしまった。

私、眠りかけているのだわ、と思いつつ、蒼は分厚い絨毯《じゅうたん》の上から起き上がれない。宗一の寝台にこめかみを預け、うとうととしながらちゅんちゅんという雀《すずめ》の声を聞いている。やがて、そのちゅんちゅんに、宗一と榊の囁き声が交じって聞こえてきた。

「……ご無事で何よりです、奥さまも、宗一さまも」

「それより、犯人はわかったのか」

「奥さまのお顔を殴った者のことですね？」

「他に誰がいる。明野ではなかったのだな？」

一体なんの話をしているのだろう？

宗一の声がひどく冷たい。蒼は一度も聞いたことのないような声だ。

いや、一度は聞いたかもしれない。あの手品団で、蒼を奪い去るときに響かせた声。

鋭いナイフで空気を切り裂くかのような、恐ろしい声。

対する榊の声は、どこかうろたえ気味だ。

「はい。名と置屋は把握してございます。……どうされますか」

「そうだね。どうしてあげようか」

宗一の声が不意に優しげにゆるむ。

けれどそのゆるみは恐ろしかった。先ほどの鋭い声の百倍、万倍は恐ろしかった。

待って、と思う。待って。そちらに行かないで。

私から、遠いところへ行かないで。

「――宗一、さま……」

猛烈な眠気から己の意識を引き抜き、蒼はかすれた声で囁く。

途端に宗一は蒼のほうを向いた。足早に近づいてくると、蒼の傍らに膝をついてくれる。のぞきこんできた顔はいつもどおりの宗一だ。優しく、穏やかで、分別がある。

彼は蒼に語りかける。

「蒼、起きたのかい。昨晩は疲れただろう。ここで寝て行きなさい」

「そんな……私、自分の部屋、に……！」

言い終える前に、蒼の体はふわりと浮き上がった。

何がどうなっているのか、とっさにはわからない。宗一が自分のことを抱き上げてくれたのだ、とわかったころには、蒼は宗一の寝台に横たえられていた。

「……！　宗一さま、私」

「静かに」

起き上がろうとした蒼に、宗一はすかさず顔を近づける。その薄い唇の前に人差し指を立て、子どもにするように静粛を求めてくる。

蒼は至近距離で見る宗一の顔の美しさに、飽きもせずに息を呑んだ。

宗一は蒼が黙ったのを確認すると、ゆっくりと微笑んだ。

「いい子だ」

そう言って、宗一は蒼の肩を押してもう一度横たえさせる。それはもちろん蒼の体をいたわってのことだったのだけれど、どこかひどく甘やかに思えてしまった。触れられた肩が酷く熱い。

なぜだろう、昨晩あんなことがあって、気が立っているからだろうか。

それとも、先ほど聞いた奇妙な会話のせいだろうか。

思考は蒼の頭の中でぐるぐる回り、いつまでもきちんとした回答を吐き出さない。

宗一はそんな蒼の心を知ってか知らずか、榊を下がらせて蒼の枕元に浅く腰掛けた。

そこから身をひねって蒼を見下ろし、少し面白そうな顔をする。

「これでは、いつもと逆だね。わたしが看病しているかのようだ」

「宗一さま……」

「わたしは客間で寝るよ。だが、あなたがきちんと寝入るまでは、ここで見張っているからね。充分に休むのだよ、蒼。そして健やかに育つんだ」

宗一は甘さを含んだ声で言い、骨張った指でそうっと蒼の髪を額から押しのけてくれる。蒼はそんな宗一を見上げて、軽く息を吸いこんだ。

「宗一さま。お願いがございます」

「どうしたんだ、唐突に。眠って、起きてからがいいんじゃないか？」

宗一は至極真っ当なことを言う。しかし蒼は、今言わねば、と思った。

眠って起きたら、きっと確信がなくなってしまう。

さっき見たもの。囁きあう榊と宗一の上に漂っていた、あの、恐ろしげな感情を、自分でも信じられなくなってしまう。

蒼は告げた。

「どうか、あまり遠くへ行かれないでください」

「……蒼？　わたしがどこへ行くと言うんだい？」

宗一は不思議そうに笑って見せるが、その笑みの端っこにはかすかな動揺が見て取れる。このひとはやはり何かを隠している。何かを隠したまま、暗いところへ行こうとする。

そう思った途端、じわじわと蒼の心臓に悲しみが侵食してきた。

悲しくて、悲しくて、どうしようもならない。

どうしようもならないまま、蒼は囁く。

「行かないでください。ここにいてください。私の大切な宗一さまでいてください」

「蒼……」

宗一は蒼の名を呼んで、その後何を言おうか迷っているようだった。迷っているときの宗一を見ると、蒼は誰かを思い出しそうになる。自信がなさそうで、善良そうで、戸惑っていて、それでも踏みとどまってくれたひとを。あれは誰だったのか。思い出せない。

目の前にいる愛《いと》しいひとに向かって、蒼は言う。

「私はあなたの看護婦です。あなたの妻にはなれません。あなたがそう望んでおられるからです。でも、私は気付いてしまったのです」

「一体、何に？」

宗一の声はどこかこわばっているようだ。

どんな顔をしているのかは、よく見えない。蒼の目にはいつの間にか涙の膜が張っているからだ。蒼はしゃくりあげながら言う。

「あなたを見ているときの私と、樽上さんを見ているときの明野さんは、同じ目をしておりました。私は、明野さんと同じでした。樽上さんを失うのが耐えられなくて、腹を刺した明野さんと、同じだったのです」

ぽろりぽろりと涙は落ちた。自分でも何を言っているのか、何を言いたいのか、よくわからなくなってしまった。でも、黙っているわけにはいかなかったのだ。

自分と同じ目をしていた明野が、恋をしていたというのなら。

「と、いうことは。私は恋をしているのでしょうか……？」

泣きながら問うてみたけれど、返答は聞こえてこなかった。

代わりに温かい手が、何度も、何度も頭を撫でた。優しい手だった。そしてどこか、悲しい手だった。宗一の手から穏やかさだけを感じているうちに、再びものすごい疲労がせり上がってきて、蒼を眠りの淵《ふち》へと連れて行く。


眠りの深い深いところでは、今日も冷たい炎が燃えている。

燃えさかる洋館の中で、蒼は今日はたったひとりだ。助けてくれと求めるひとも、助けてあげようというひともいない。蒼は炎の中にたたずんだまま、ひとり涙をこぼし続ける。宗一は自分に恋い慕われることなど望んでいない。

恋とは、望まれぬ恋とは、なんと孤独なものなのだろう。

第四話　舞踏会で骨は踊る

いかなる事件があろうが、蒼《あおい》の心が取り返しのつかない恋を知ろうが、時は過ぎる。

多忙を極めた春が過ぎ、飛鳥山《あすかやま》が紫陽花《あじさい》に溢《あふ》れる梅雨が過ぎ、東京《とうきょう》には爽やかな初夏が来た。蒼の医学校生活はすっかり板につき、千夜子《ちよこ》とは切磋《せっさ》琢磨《たくま》しつつ笑い合う関係となっている。宗一《そういち》の親戚たちも、風変わりな宗一の奥方を徐々に受け入れてくれているようだ。美花《みか》が婦人雑誌や海外のファッション画を抱えてお茶に来たときは驚いたが、彼女はツンツンしつつも女子医学生として活躍する蒼にほんのり憧れているようだ。

すべて順調、世はこともなし、と言いたいところだったが、ままならないこともある。

ひとつは、蒼が宗一を見るたびにそわそわするようになってしまった恋心。

もうひとつは、相も変わらず快癒の道が見えない宗一の体調だ。

「わからないわ……」

ぽそりとつぶやき、蒼は隠し部屋の小さなソファに転がった。

床にはうずたかく医学書が積まれ、そのてっぺんには帳面が置かれている。蒼は寝っ転がったまま帳面を手に取り、自分で書き込んだ内容をじっと見つめた。

これは、この屋敷《やしき》にやってきたときからつけはじめた、宗一の診療録だ。毎日、宗一の体温と、食事と、病状、投薬の状況、そして主立った出来事が書き込んである。ほんのわずかとはいえ医学の門を叩《たた》いた今でも、宗一の病気がなんなのかはわからない。

そもそもわからないのは、宗一の態度である。本当に病を治したいなら、いくらでもよい医者にかかれる身の上なのだ。海外生活が長く、英語と独逸《ドイツ》語、さらには仏蘭西《フランス》語も堪能《たんのう》なようだから、外国の有名な医者にかかることも出来よう。なのに彼は自宅で蒼に診られることを選んでいる。

まるで治ることを望んでいないようだ……と思うと、蒼は途方もない焦りと悲しみの迷宮に入ってしまう。ひとの命は永遠ではないが、それにしても宗一の態度は悲しい。

「とにかく、朝の薬を呑《の》んでいただかなくては」

蒼はつぶやき、勢いをつけて起き上がった。

診療録を小脇に抱え、広い屋敷を小走りに抜けていく。昼間は暑い日も増えてきたが、早朝は実に気持ちのいい風が抜けていく。蒼は西洋館にある宗一の寝室にたどり着くと、軽くノックをした。

「宗一さま、おはようございます。……宗一さま？」

声をかけるが返事はないので、ひとまず扉を開ける。蒼がやってくるまで、宗一の部屋は締め切ってあって酷《ひど》く暗いことが多い。今日もあまりに暗くて、宗一が起きているのか眠っているのかすらわからなかった。

「本日は学校がお休みの日ですし、よく晴れております。よろしければお散歩でも……」

カーテンを開いて振り返ると、こじんまりとした宗一の寝室が明るく照らされた。彼の身分からしたらずいぶんと地味というか、殺風景な部屋だ。洋風寝台があり、その脇に低い棚があり、壁に一枚だけなんの印象も受けない風景画がかかっており、ただそれだけ。そして今朝は、寝台が空っぽだった。

「……！　すみません、榊《さかき》さん！　榊さんはどこですか？」

蒼は寝室を飛び出し、執事の榊を呼ぶ。こういうときに呼ぶのは他のどんな使用人でもなく、榊だ。榊は宗一の影のようなもので、いつでも宗一の居場所を知っている。知っているが、前もって教えてはくれないのが、少しだけもどかしい。

ほどなく榊が音もなくやってきた。

「どうなさいましたか、奥さま」

「すみません。宗一さまが、寝室にいらっしゃらなくて。お心当たりがあれば教えていただきたいのですが」

蒼が懸命に問うと、榊は従順に一礼する。

「承知いたしました。こちらです」

迷いなく歩き出した榊についていくと、蒼は屋敷の青々とした西洋庭園に案内された。進んでいくうちに甘い香りが強まっていき、しまいに夏咲きの薔薇《ばら》が咲き誇る一角へ出る。何かが転がっているようだ、と思って目をこらすと、茂みの下からにょっきりと和装の足が生えていた。

「宗一さま！　宗一さま、ご無事ですか!?」

蒼は大慌てで茂みに駆け寄る。傍らに両膝をついてのぞきこむと、足がもぞもぞと動き出した。

「その声は、わたしの奥方だね？　ならば相談だ……」

宗一はねむそうな声で言って薔薇の下から這《は》いだしてくる。

蒼はほうっと安堵《あんど》の息を吐き、全身から力を抜いた。芝生の上にへたりこみながら、蒼は必死に訴える。

「心配いたしました。朝の風が気持ちいいのはわかりますが、こんなところで寝直されては、薬の時間が過ぎてしまいます！」

宗一は芝生の上に座りこんだまま、面白そうに蒼の顔を見て微笑《ほほえ》んだ。たかがそれだけのことなのに、蒼は途方もなく嬉《うれ》しくなってしまう。

彼は行儀悪くあぐらをかいた足に頬杖《ほおづえ》をつき、歌うように蒼に語りかけた。

「薬くらいは自分で飲めるさ。しかし、わたしにもひとりではできないことがある。悩むあまりに散歩の途中で寝直しそうになってしまった……というわけで相談しよう」

「宗一さまに、できないこと？　そんなことがありますか？」

「あるよ。ダンスだ」

「ダンス」

莫迦《ばか》みたいに繰り返し、蒼は何度か瞬きをする。

宗一は形よい額に皺《しわ》を寄せ、嫌そうにうなずいた。

「舞踏会に行かねばならないことになった。あれはどうしても一人では行けないのだよ」

「舞踏会！　では、宗一さまも洋装で踊られるのですね？」

蒼がわくわくと聞いてしまったのは、宗一の洋装が絶品なのを知っているからだ。日本人の洋装は見苦しいと言われることもあるけれど、宗一にかぎってはそんじょそこらの西洋人では太刀打ちできないほどの美しさだと思っている。

想像だけでうっとりする蒼に、宗一は目を細めて告げた。

「あなたがわたしと踊ってくれるなら、行くよ。どうだい？」

「私ですか？　私が、宗一さまと、ダンスを？」

不思議そうに繰り返しているうちに、段々と事態が飲みこめてきた。脳内に展開していた宗一の美しいダンス場面には、どうやら自分がおまけとしてついてくるらしい。

そう思うとさっきまでの気分は一転、蒼はさあっと青くなる。

「他の誰と踊るんだい。あなたはわたしの奥方だよ」

宗一は面白そうにからかってくるが、蒼は深くうつむいてしまった。

普段の蒼は社交の場には出ない。そもそも宗一自身が病気のせいで引きこもっているのだ。仕事をするときも自宅の書斎だし、会議となれば家の前に自動車や人力車がずらりと並ぶ。仕事の来客の間、蒼は息を潜めているか、軽く挨拶するだけでいい。華族の家に嫁いだ実感がある場面など、滅多にない。

しかし舞踏会となればそうはいくまい。皆の視線が突き刺さるはずだ。

「そ、それは、はい、そう……です、ね、ですが、私では、みっともないのでは……」

考えるだけで冷や汗が垂れ、蒼は声を震わせた。

宗一はゆっくりと体を起こすと、蒼の顔をのぞきこむようにして囁《ささや》く。

「そんなことはない、と百度以上は言ったはずだね。もちろん人には言い間違いというものがあるから、舞踏会であなたのことを『みっともない』などと言い間違う者はいるかもしれない。いたら絶縁で済ませばいいじゃないか」

「いけません！　絶縁は駄目です。人生にはお友達が必要です！」

途端に蒼は顔を跳ね上げて反論した。ただでさえ引きこもりがちな宗一なのだ、これ以上人の縁を失わせてはいけない。その持論は未《いま》だに変わらない。

やっと顔を上げた蒼を見て、宗一は緩やかに微笑んで軽く頭を撫《な》でてきた。

「わたしにお友達など必要ないが、あなたの人生には自信が必要だ。あなたは賢く、美しく、謙虚で、器用で、実直で、元気がよく、品もよく――と、百くらいは美点を思いつく。わたしが褒めるだけでは、皆の前に出るには足りないかい？」

「そんな、私などに、そんな、ご冗談を……！」

うろたえる蒼を見て、宗一はいかにも楽しそうに目を細めた。そうしていると彼の顔は少しばかり幼く、親しみが持てるようになる。懐かしいような顔だ、と蒼は思う。過去がない自分の思う懐かしさとは一体なんなのかは、わからないのだけれど。

そうして母屋のほうへ視線をやると、声を張る。

「おーい、榊！」

「大声を出さずとも、ここにおります」

薔薇の茂みの陰に控えていた榊が素っ気なく言い、二人の前に進み出た。宗一は芝生の上に座り直しながら聞く。

「榊、お前は踊れたと記憶しているが」

「さようで。お二方さえよろしければ、奥さまにご指導いたしましょうか？」

榊はなんの感情も含まない声で言い、眼帯をしていないほうの目でちらりと蒼を見た。蒼はびくりとして背筋を伸ばし、宗一はにこにこと蒼を見る。

「話が早い。蒼、榊とダンスを試してみるかい？」

「そうですね……はい。しなくてはならないのなら、学ぶしかありません」

蒼はぎゅっと拳を作り、心を決めてうなずいた。宗一が『断れない』というのだ、舞踏会に行くからには立派に踊れるにこしたことはない。

陰口をたたく人間を減らすことこそ、宗一を守ること。

そう思うと羞恥も収まり、蒼はすっくと立ち上がる。

お仕着せの洋装をまとった榊は、紳士的に一礼して蒼に片手を伸べた。

「では、こちらへ。立ち姿を整えたのち、歩き方を覚えます。軍事教練と同じですよ」

「踊りが、軍事教練と同じですか」

踊りと言われたら、盆踊りくらいしか親しんでこなかった蒼である。軍事教練と踊りになんの共通点があるのかわからず、ぽかんとして聞き返してしまう。

榊は至極当然、といった調子でうなずいた。

「ええ。ではこちらへ立って。足はこちら。顔はこちらへ……」

榊に指導される姿勢は、体のひねり方といい、筋肉の使い方といい、蒼にとってはまるで馴染《なじ》みのないものだ。ぎくしゃくぎくしゃくとあっちを向いたりこっちを向いたりした後、おそるおそる榊を見つめる。

榊は案外気さくに軽くうなずき、蒼に両手を伸べた。

「概《おおむ》ねよろしい。では、男性側の手を握ってください。こうです」

言われるままに蒼も榊に手を伸べる。と、榊は蒼の手を取って、自分のほうへ引き寄せてきた。ぎょっとした蒼は、とっさにその場に踏ん張ってしまう。

「……いや、抵抗しないで頂きたいのですが。西洋の踊りは基本、密着するものです」

榊に困ったふうに言われてしまい、蒼はほんのりと頬を染めた。

「密着、ですか……」

「ええ、はい。少々破廉恥ではありますが、これも異文化理解のためには必要なことで」

「は、破廉恥ッ！」

今度こそ衝動的に声が出る。育ちこそあまりよろしくない蒼だったが、この上品さの固まりのような家で『破廉恥』と聞くのは衝撃の度が違う。

榊はすっかり妙な顔になり、蒼を抱き寄せた腕を緩めた。

直後、宗一が声をかけてくる。

「榊」

「どうされました？　宗一さま」

榊がぎこちなく宗一を見やるのにつられて、蒼も必死に宗一を見る。

宗一は不思議と張り付けたような笑顔で立ち上がり、二人に歩み寄ってきた。ぽん、と榊と蒼の肩に手を置き、宗一は言う。

「やはり、ダンスの練習はわたしがやろう」

ふ、と榊の口元がゆがむ。

「でしょうね。……失礼いたしました」

なんだろう、と蒼が見据えたときには、榊のゆがみは消えてしまった。彼は静かに後ろへ下がり、代わりに宗一が蒼の手を取る。

宗一から感じる温かみは相変わらず優しく思えて、蒼はほっと息を吐いた。

「蒼、一歩こちらへ寄れるかい？」

「はい」

吸い寄せられるように近づくと、宗一の手がするりと背中に回る。宗一は少しも力をこめたようには思えなかったが、自然と二人の体の距離は零になった。

「……！」

とっさに蒼は固まるが、蒼の背に回った宗一の手が、なだめるように叩いてくれる。

「大丈夫だ。力を抜きなさい」

「はい……努力します」

　蒼は必死の面持ちでうなずき、大きく息を吸って、吐いた。二人分の着物ごしとはいえ、これほどまでに密着したことは多くはない。看護以外では初めてではあるまいか。意識すればするほど蒼の体はがちがちになる。

　何度か呼吸を繰り返し、蒼はおそるおそる宗一の顔を見上げた。

　宗一はというと、涼しい顔で繋《つな》いだ手の先を見つめている。

「姿勢は大分よくなってきた。次はステップだ。わたしがリードするから、何も考えずについておいで」

「はい、精一杯頑張らせていただきます！」

　必死に返すと、宗一は急に動き出す。

「っ……！」

　宗一のステップは、ゆっくりだが動きが大きい。蒼は休日で袴《はかま》をつけていないし、そもそも自分の体格を恥じて小股で歩く癖もついている。無理矢理宗一についていこうとすると、すぐに足がこんがらがった。

「ま、待ってください、宗一さま！」

「難しかったかね？　あなたは考えすぎないほうがいい。楽しみなさい」

宗一はすぐに動きを止めてくれるが、蒼はまたも焦り始めていた。

いくら失敗しても許してもらえるのはありがたいが、できることなら上達したい。どうしたら手っ取り早く上達できるのだろう。自分の得意なところを使うことはできないか。そう思って蒼は、宗一の顔をじっと見つめた。

このひとの考えていることがもう少しだけでもわかれば、踊りについていくのも楽になるかもしれない。普段は気恥ずかしくて目を逸《そ》らしてしまうことも多いけれど、今はそれどころではない。

蒼は息を詰めて集中した。が、余裕たっぷりに細められた目からは何も読み取れない。宗一はいつもどおり優雅で、完璧で、何も読ませてくれない。出会ったときから、いや、出会う前から謎のひとだ。

このままずっと、自分はこのひとのことはわからないまま終わるのだろうか。

そんな悲しみに襲われてすがるように見つめていると、宗一は不意に蒼から視線を逸らした。その拍子に、少しばかりはだけた胸元に何かが見える。

自然と視線が引っ張られ、蒼は宗一の肌に刻まれた古傷を見た。

途端に、どっと情報があふれる。引《ひ》き攣《つ》れた肌。盛り上がった傷跡。これは火傷《やけど》。しかも、ただの火傷ではない。熱傷のただれと、衝撃がぶち当たった痕がある。これは硬く熱いものが皮膚の中に潜り込んだ傷痕だ。何が当たった？

おそらくは、銃弾。

過去のいつかに、宗一の胸元に銃弾が当たったのだ。

銃弾が当たる凄《すさ》まじい衝撃と、熱さ。そして痛みまでが我がことのように想像できてしまい、蒼の視界はぐらりと傾いた。

「蒼？　蒼……！」

視界に美しい空が映る。地面に倒れ伏す直前に、優しい熱が蒼のことを抱き留めた。

彼の声が珍しく焦っているのを感じ、蒼は少しだけ驚く。

あなたもこんな声を出すのですね、と思いながら、蒼は気を失った。

◇

「……それで？　ダンスの練習は無事に実を結んだのですか？」

「かろうじて踊れるようにはなった、と言ったところです。何せ私が一度失神して以降、宗一さまがやけに心配性になってしまいまして。すぐに休め、休めと言うんです」

蒼が深いため息を吐くと、千夜子は思い切り顔をしかめた。

「心配は当たり前じゃないですか。宗一さんはあなたの夫なのでしょう？」

「いえ。夫と言いますか、患者と言いますか、恩人と言いますか。はっきりしない方なのです。そもそも宗一さまのほうが私よりよっぽどご病気なのだから、私を心配している場合ではないと思うのですが」

「そう思っているのはご当人のみ、という風に見えますけどね」

「？　それはつまり、どういうことです？」

首をかしげる蒼から、千夜子は軽く顔をそらしてしまう。大理石風のテーブルの向こうで優雅に扇子を揺らし、その陰に口元を隠しながら、千夜子は言う。

「ま、そんな話はどうでもいいです。舞踏会と言っても、どうせうちのお父さまが背伸びして張り切っているだけ。気楽に行きましょう。私たちはせいぜい、それにかこつけて美しい小物を買い、ソーダ・ヴァッサーを飲むのです！」

独逸語で力強く言われると、蒼も少し楽しくなってきた。

そう、宗一が誘われた舞踏会というのは、問いただしてみれば千夜子の実家、藤枝《ふじえだ》家が主催する会だったのだ。親しい友達も一緒の会と知って、蒼もずいぶん気が楽になった。本日、蒼と千夜子は舞踏会のときに使う手袋やヘッドドレスなどを物色し、ついでに流行の甘味を食すため、銀座《ぎんざ》まで繰り出していた。

白い壁に紫色の窓枠が美しい資生堂薬局《しせいどうやっきょく》の席につき、蒼は微笑む。

「よろしくお願いします。千夜子さんはもう、ドレスは決められました？」

「ええ、お父さまが張り切ってね。蒼さんのドレスは、きっと宗一さんが用意されたのでしょう？　センスがよろしいでしょうから、羨ましいです」

千夜子の言う通り、蒼のドレスは宗一が用意した。留学先で知り合ったとかいう仏蘭西人が屋敷までやってきて、蒼の体をくまなく採寸して縫い上げたのだ。宗一を褒められるのは少々こそばゆいが、気持ちもいい。蒼は微笑んで返す。

「そうですね……私にはもったいないくらいのものなのですけれど、藤枝家はかつて御典医を出した素晴らしい家系とお聞きしました。お客さまも格式高いでしょうから、私もみっともないなりに頑張ろうかと」

相変わらずの蒼のみっともない発言に、千夜子は苦いものを噛《か》んだような顔になるが、それ以上言及することはなく、小さなため息を吐いて目を伏せた。

「どうでしょう？　今は御典医は別の家です。一体どういうつもりで舞踏会なんか開くのだか、私にはさっぱり……」

「千夜子さん」

蒼は思わず千夜子の名を呼んだ。彼女の顔に、どことなく不調の影を見つけた気がしたのだ。病気というほどではないが、何かを憂うような気配がある……。

と、そこへ、美しい飲み物が差し出された。

「こちら、アイスクリームソーダになります」

薬局の店員が自慢げに言い、優美な曲線を描くガラスの器をテーブルへ置いていく。

蒼と千夜子は今までの会話など忘れて、目を丸くして身を乗り出した。

「素敵ね、蒼さん」

「本当に、しゅわしゅわと泡が上がっているのですね」

額を合わせて囁き合う二人の間には、最近提供が始まったアイスクリームソーダが鎮座している。亜米利加《アメリカ》から輸入されたソーダ・ファウンテンから提供される炭酸水は、レモン風味の黄色いシロップで鮮やかに色づけされていた。しかもその上には、まるくくりぬかれたアイスクリンが浮かんでいるのだ。

「このまま家に持って帰って自慢したいわ。ああ、でも駄目、お父さまは仕事以外にまったく興味がありませんもの」

千夜子は嘆きながら、おそるおそるストローに唇をつける。

蒼もそれにならってストローをくわえ、黄色いソーダを吸い上げた。途端に口の中でぱちぱちと炭酸が弾《はじ》け、蒼は驚いてストローを離した。

「……！」

口元を押さえてしばらく衝撃に耐える。ソーダがこんなに痛みを伴うものだなんて思わなかった。これは本当に飲んでもいいものなのだろうか？

少々疑ってかかっていると、やがて口の中が爽やかなレモンの風味で満たされてくる。ぱちぱちと炭酸が弾けるたびに風味も広がっていくようで、蒼は、ほう、と息を吐いた。

「刺激的ですけれど、なんだか素敵ですね」

蒼の素直な感想に、千夜子は妙な顔で答える。

「あなた、案外蛮勇の女ですよね」

「蛮勇!?　私がですか？　それは初めて言われました」

驚いた蒼が目を丸くすると、千夜子はくすくすと笑い出す。

「野蛮で勇敢なほうが、女医には向いていると思います。さあ、溶ける前にアイスクリンを食べてしまいましょう」

「そうですね、是非！」

ふたりは夢中になってアイスクリームソーダを平らげ、資生堂薬局を出た。

銀座の街は今日も大賑《おおにぎ》わいで、ふたりのような女学生もいれば、急いで歩いて行く洋装の紳士もおり、新橋《しんばし》芸者の浅葱《あさぎ》色の着物の色も目にしみた。

蒼がいかにも銀座といった景色を楽しく見渡していると、ふと、ひとりだけ異色の人物がいることに気付く。

「あら、薬屋さんかしら」

千夜子も気付いたのだろう、わざわざ視線を止めて口にした。

それほど、彼は周囲の景色から浮いていたのだ。

資生堂薬局の外にたたずみ、新聞をのぞきこんでいる男。彼は藁《わら》で作った笠《かさ》をかぶり、背には大きな木製の薬箱を背負っている。昔ながらの富山《とやま》の薬売りなのかもしれないが、最先端のソーダや化粧品を売っている店とはあまりにも対照的だ。

千夜子はすぐに薬売りから視線を逸らすと、蒼に西洋人形みたいな笑顔を向ける。

「それにしても素敵だったわね、ソーダ・ヴァッサー！」

「ええ。レモンの風味が爽やかで……」

蒼が返事をしたのとほとんど同時に、低い声が横から割りこんできた。

「おや、独逸語だ」

蒼と千夜子がぎょっとして声のほうを見やれば、例の薬屋である。薬屋は手袋に包まれた指で笠の端をつまんで、ひょこりと会釈をした。

「失礼。独逸語を話されるということは、西洋医学を学ぶ女医さん志望の方であろう、と思いましてな。ついついお声がけしてしまった次第」

「確かに私たちは女医を目指す学生ですが、それが何か？」

千夜子はいかにも不審そうな視線で薬屋を見上げ、問いを投げる。

薬屋はふふっと小さな笑みを放つと、背中を丸めてもう一度頭を下げた。

「何でもございませんとも。ええ、ただ、是非とも頑張ってほしいと思いましてねぇ。ただそれだけですとも。失礼しますよ、お嬢さんたち」

薬屋は終始ぼそぼそとつぶやき、畳んだ新聞を地べたに置くと、蒼たちの返事を待たずに遠ざかっていく。千夜子と蒼は、なんとも言えない顔で薬屋の背中を見送った。

千夜子は嫌そうに片眉を上げ、素っ気なく言い放つ。

「……気味の悪い方でしたね。行きましょう、蒼さん」

「……はい、千夜子さん」

蒼は素直に言って千夜子の後に続いた。もっとも、心はしばらく薬屋のほうに奪われたままだ。なぜならあの薬屋は、蒼を見ていた。千夜子ではない、蒼だ。笠の下から、はっきりとした視線を感じた。

あの男は蒼を見ていた。蒼だけを、見ていた……。

なぜ？　わからない。あの薬屋もまた、今まで蒼が見たことのない類いの人間のようだった。そうして彼の置いていった新聞には、異国の戦争の記事が踊っていた。

◇

「本当に大丈夫なのだね」

「大丈夫です。元気いっぱいです」

蒼は深くうなずいたが、宗一はまだ納得していないようだ。

人力車の隣に座り、蒼の横顔を難しい顔で見つめて言う。

「本当の本当かい？」

一体どのような答えをすれば、宗一は安心してくれるのだろう。

蒼が屋敷の庭で倒れたそのときから、蒼に対する宗一の態度は様変わりしてしまった。

蒼が医学校へ行くのも『毎日自分で送る』と言い出すし、夜も『自分の寝室の隣の部屋で寝るように』と言ってくる。最初は恐縮していた蒼だが、恐縮したままでは宗一はいつまでも納得しない、と気付いてからは、比較的強く出るようにしている。だから今日も、少し胸を張って言い放つ。

「はい。今から牛の解剖をしろと言われても、できるくらいです」

案の定、宗一は、ふ、と吐息で笑い、表情を和らげてくれた。

「よしたまえ、想像すると笑っていいのか、恐れていいのかわからなくなる」

「笑ってくださってよかったのですよ。私は本当に大丈夫です。ダンスのことを思うと、もう一度気絶したい気分にはなりますが……」

自分で言って、蒼は少々気鬱になった。

とうとうやってきた舞踏会当日。毎朝、毎晩ダンスに励んだものの、蒼自身が満足するほどの結果は出ていない。どうしても宗一と密着する恥ずかしさが先に立つし、さらにはこの間見つけた銃創も気になってしまって、踊ることに集中できないのだ。

そうこうしているうちに、人力車はお屋敷の前に止まった。

長い塀に囲まれたお屋敷は、こんもりとした木々に覆われている。墨色の板壁に石瓦、真っ白な窓枠の映える洋館だ。アーチを描く窓からこぼれた光がいかにも温かそうに見える。蒼はそれを見て、ひどく不思議な気分になった。

なぜだろう、千夜子の実家に来るのは初めてなのに、奇妙なくらい懐かしい。

世界が紫色の光に覆われる夕暮れ近く、蒼と宗一は屋敷の車寄せに降り立った。

「ようこそいらっしゃいました。城《じょうが》ケ崎《さき》宗一さま、奥方の蒼さまですね」

両開きの扉から一歩出たところで、洋装に身を包んだ老執事が頭を下げる。

宗一は頭に載ったトップハットを取り、インヴァネス・コートと共に老執事に渡した。まるで西洋のお屋敷に迷いこんだようだわ、と思って、蒼はぼんやりと宗一に見とれる。その間に女使用人が近づいてきて、蒼からショールを預かった。

「まあ……」

女使用人は静かに会釈してから、蒼のドレス姿を見て軽く目を瞠《みは》る。

何かおかしかっただろうか、と蒼が体を硬くしていると、玄関ホールの奥からフロックコート姿の男性が足早に出てきた。

「やあやあやあ、城ヶ崎伯爵！　よくぞいらっしゃいました！」

「藤枝先生。蒼がいつも、娘さんにお世話になっております」

宗一が珍しく目尻を下げて微笑み、男のほうへと歩み寄る。男は宗一と比べるとずいぶん小柄だったが、貫禄《かんろく》のある風体だった。腹の出た体型もきちんとサイズのあったフロックコートに包まれれば好ましく見え、整えられたひげの生えた顔は精悍《せいかん》で誠実そう。

何より笑ったときの口元が千夜子に似ている、と蒼は思った。

この舞踏会は、千夜子の父である医師、藤枝泰洋《やすひろ》によって開かれた。藤枝家は御典医を多く輩出した名家であり、宗一とも昔から交流があるらしい。

「それはこちらの台詞《せりふ》です。どうぞどうぞ。ダンスが始まるまで、まずはご歓談を。ただし、うちは煙草《たばこ》は御法度ですからな。喫《す》うときは外でどうぞ」

名医、仁医と名高い藤枝は笑いながら言い、気さくに宗一を大広間へ招いた。

そして宗一の一歩後ろに控える蒼を見ると、笑みを深めて声をかけてくれる。

「蒼さんですね」

彼に名を呼ばれたとき、蒼はふと、不思議な気分になった。

なぜだろう。胸の奥がじわりと痛むような、不思議な感覚がある。これは一体なんだろう。藤枝からほんのりと漂う消毒薬の匂いが懐かしい。

「はい。初めまして、藤枝さま」

湧き上がる郷愁が、少しばかり蒼の動きをなめらかにしたのかもしれない。

西洋風のお辞儀をする蒼に、藤枝は感嘆の声をあげた。

「いやはや……噂《うわさ》通り。いや、噂以上だ」

「背が、高すぎますでしょう」

蒼は苦笑して言う。その拍子に、さらりとまとっているドレスのフリルが揺れた。この舞踏会のために仕立てた、蒼のためのドレスである。屋敷に呼ばれた仕立屋は、採寸のときから日本人にしては珍しい長身に驚いていた。

するとと、藤枝は不思議そうな顔をした。

「ん？　伯爵がそんなことを言ったのですかな？」

「いいえ。宗一さまは、おっしゃいません」

蒼は少しびっくりして答える。宗一は、蒼の背をからかったことなど一度もない。

「そうでしょう、そうでしょう。あなたは充分にお美しいし、女医になるなら体格はよいほうが得ですぞ。……それはそうと、蒼さん、どうもあなたのお顔には見覚えがあるような気がします。うちの医院にかかったことは？　ひょっとしたら、幼いときなど……」

不意に褒められるやら、意外な問いを投げられるやらで、蒼は少々うろたえた。

「こんな立派な医院にかかったことはないと思うのですが、幼いころのことは上手《うま》く思い出すことができませんので」

「ふーむ、そうか。まあ、いずれ思い出すでしょう。さ、どうぞ、こちらへ」

藤枝はにこやかに言い、蒼たちをホールへ押しこんだ。

普段は食堂として使われているのだろうその場所は、今はダンスのために開け放たれて、寄せ木細工の床の上に紳士淑女が群れをなしている。ステンドグラスをかさにした電灯の明かりで照らされるのは、色とりどりのドレスだ。

「さあ行くよ、わたしの奥方」

宗一は言い、静かにホールへ踏み入った。

「はい」

蒼は宗一の腕を取って歩きながら、ふと、宗一が少し緊張していることに気付く。滅多に緊張しないこのひとが、今このときは緊張している。

宗一の緊張の理由を考えているうちに、蒼はざわめきに包まれた。

「ご覧になって」

「素敵！」

反射的に発せられたであろう歓声が、耳に飛びこんでくる。

蒼はどきりとして、声のほうを見た。壁際に集まったご婦人たちが、扇の陰から熱い視線を送ってきている。

確かに宗一はこのホールの中で一番美しい。体に吸いつくような上等なフロックコートは病気でやつれた体の線をうまく拾わないように出来ているし、どこまでも姿勢のいい長身と物憂げな美貌はいかにも貴族らしい。ぱらりとこぼれた髪の一筋にまでこもった色気は、元気いっぱいの青年たちにも、脂ののった紳士たちにも、けして真《ま》似《ね》できまい。

嬉しい。誇らしい。そんな気持ちが温かく湧き上がる。

だが、同時に胸の奥がちくちくするのはなんだろう。宗一の素晴らしさは自分だけが知っていればいいようにも思うし、自分は彼が疲れて床についているときのことも知っている。知っているからこそ、今の彼がひときわ誇らしいのだ。

そうしているうちに、蒼は妙な話を小耳に挟む。

「生地がよろしいのかしら？　無地なのに……」

「フリルに銀糸が入っているのじゃなくて？　明かりにきらめいて、なんて素敵」

自分のドレスも見られている。そう思うと、蒼はますますどうしたらいいのかわからなくなってしまった。周囲のご婦人方は上等な着物の反物を使い、上手に西洋風ドレスに仕立て上げた一品だ。着物柄は当然ながら日本人に似合うように出来ているし、ちょうどよく和洋折衷の晴れ着になっていた。対して蒼は、無地の紫の布でドレスを仕立てている。みなさんより地味で、目立たないはずだわ、と蒼は思う。

しかし実際には蒼のドレスの布には品のよい艶と張りがあり、しっかりと蒼の若々しさを際立てていた。ふんだんに使われた黒いフリルは熟練の技で細かく畳まれていて品がよいし、さらに銀糸が織り込まれているため、揺れるたびにきらきらと光を散らすのだ。

「それより何より、やはり奥さまが格好良くていらっしゃるのよ」

「羨ましいわ、奥さまのあの、細身の長身！」

「え……」

蒼が驚いて立ち止まると、宗一が心配そうに顔をのぞきこんでくる。

「どうしたね。やはり体調が優れないかい」

「いえ、違います。その、宗一さまのほうこそ、お体は？」

「いつも通り大してよくはないが」

宗一が心配そうな顔をしている間に、今度はやたらと明るい声がかかった。

「やあやあやあ、そこのお二人さん！」

「え？　在澤《ありさわ》先生……！」

振り返った先にあったのは、医学校で見知った顔だ。講師で医師の在澤が、オレンジに近い派手な茶色のフロックコート姿で歩み寄ってくる。彼は宗一と蒼を見比べて言う。

「いいねえ、まるで欧羅巴《ヨーロッパ》の王子と姫だ。目の保養だなあ」

「君も呼ばれたのですね、在澤先生」

宗一の問いに、在澤は機嫌のいい猫みたいに目を細めた。

「うん。藤枝先生の知り合いの、毛並みのいい若者はみんな呼ばれているよ。医者も多いから、けが人、病人が出てもこれほどまでに安心な舞踏会はないだろうな」

「なるほど、そういうことか」

宗一はつぶやいて自分の顎を撫でる。蒼は、そういうこととはどういうことですか、と聞きたかったが、発言する前に他の紳士たちが集まってきた。

「宗一くんじゃないか！　病気と聞いたが、今日は大分顔色がいいんじゃないか？」

「僕は留学前にしか会ってないが、どこに行っていたんだっけね。独逸か？　仏蘭西？」

「美しい奥方を紹介してはくれんかね。結婚式は身内だけだったのだろう？」

紳士たちが宗一を囲んで楽しげに喋《しゃべ》り始めると、蒼は微笑んで会釈をするだけになる。なるべく目立たず、角を立てず、周囲に気を配っていると、見知った人影がよぎった。

燃え立つような赤のドレスをまとった、小柄な少女。きりりとしたつり目と、強く引き結んだ口元。千夜子だ。

「千夜子さん？」

蒼は声をかけるが、千夜子はこちらを見ずに真《ま》っ直《す》ぐホールから出て行く。

続いて、父である藤枝が小走りでやってきた。

「千夜子、おい、千夜子！　まったく……まだ紹介したい方が山ほどいるんだぞ！」

藤枝が難しい顔で出て行こうとするのを見て、宗一が声をかける。

「藤枝先生。どうされました」

「ああ、もう、わがまま娘に引っかき回されておりますよ。早くに母親を亡くし、乳母任せで育ててしまったもんでね。とにかく連れ戻さないと……」

藤枝は愛想よく宗一に答えつつも、そわそわと千夜子の後ろ姿を目で追っていた。

蒼も、千夜子のことは気になる。舞踏会でドレス姿の千夜子に会うのを楽しみにしていたのだ。

宗一はそんな蒼をちらりと見てから、藤枝に笑顔を向ける。

「では、うちの蒼が千夜子さんをお連れしましょうか」

「奥方がですか？　しかし、ご迷惑じゃありませんか」

藤枝は躊躇《ためら》うが、宗一は彼の耳元に囁いた。

「衣装が乱れたのかもしれませんし。こういうときは、ご婦人同士がよいのでは？」

「ははあ、そうか、なるほど。そういうことか。あの子も洋装は滅多にしませんから」

藤枝はすぐに納得し、すまなさそうな顔で蒼を見る。

「そういうことなら、蒼さん。お願いできますか？」

「もちろんです。奥へ入ってもよろしいですか？」

藤枝は心底ほっとした顔をして、自らホールの奥の扉を開いた。

「ええ、ええ。大したものはありません。ただ、そうですね。医院のほうは入院患者がいるから、そっとしておいてあげてほしいが……いや、あなたも医学生でしたね。どこへでも、ご自由に」

そう言って、藤枝は千夜子が居そうな場所について教えてくれる。

「ありがとうございます」

頭を下げる蒼に、宗一が軽く声をかけた。

「あなたも最近体調がすぐれないのだ、千夜子さんとゆっくりしてきてもいい。それと……」

一度声を切って歩み寄ってくると、宗一は蒼の耳元に内緒の話を落とす。

「千夜子さんの話を聞いておあげ。この会は千夜子さんの婚約者を選ぶ会だ。彼女はきっと気詰まりだろう」

「……！　はい」

蒼は驚き、深くうなずいた。

◇

「千夜子さん、こちらですか」

蒼は重い金属製の扉を開いて、室内に声をかけた。

目の前に広がるのは深い闇だ。目が慣れるまでは何も見えない。

だが、蒼は躊躇わなかった。

「こちらですね。失礼します」

静かに言って中に入り、扉を閉める。

しばらく室内はしんとしていたが、やがて嫌そうな千夜子の声がした。

「どうしてわかるんです？　蒼さんって少しおかしくないですか」

「大分おかしいと思います。ほとんど妖怪ですよね」

「いえ、その、そこまでおかしいとは言ってません！　どうなってるの、もう」

千夜子は叫び、部屋の隅で立ち上がったのだろう。ごそごそという物音ののち、部屋の隅がぼうっと明るくなった。千夜子が机の上のオイルランプをつけたのだ。

淡い光が照らす千夜子は、どこか青ざめて見える。

蒼はそうっと彼女に歩み寄り、その姿を眺めた。

もとより仏蘭西人形のような彼女だ、洋装も文句なくかわいらしい。

だが、動きにくそうだな、とも思った。医学校にいる千夜子は蒼よりさらに活発で、医学校と医院を袴姿で駆け回っている。その腰が、腕が、ぴったりとした縫製の下に押し込められているのは、どことなく痛々しい。

千夜子はむすっとした顔で、蒼を睨《にら》む。

「お父さまに言われてきたのですか？」

「いえ、宗一さんに、追いかけるように言われました」

蒼が言うと、千夜子は少し妙な顔をした。

「宗一さんが？　なぜかしら。あなたと踊るのに、気が引けてしまったとか？」

「そうかもしれません。私はみっともないので」

「違うわよ！　あなたはみっともなくありません！　素晴らしくきれいだから、それで気が引けたんじゃないかって言いたかったんです！　んもう……」

千夜子はやけになって叫び、すぐに深いため息を吐いた。

蒼はなるべく礼儀正しく千夜子の傍らに添い、声をかける。

「いつも褒めてくださってありがとう、千夜子さん。あの、よければ私もここで休んでいいでしょうか？　慣れない洋装で少し疲れてしまって」

洋装で疲れた、というのは嘘《うそ》だ。蒼のために仕立てられたドレスは見た目よりずっと動きやすい。腕も上がるし、スカートをたくし上げれば走ることだってできるだろう。

でも、千夜子は蒼の申し出にほっとしたようだった。

「確かに疲れますよね、洋装は。こんなところでよければ、いくらでもどうぞ。舞踏会なんて、本当にばかばかしい。西洋の猿まねだわ」

千夜子はつぶやき、机上のオイルランプを手に取った。

「ちなみに蒼さん。ここがなんの部屋か、ご存じですか？」

「本の匂いと消毒薬の匂い、インクの匂いが強くします。書斎でしょうね」

こともなげに蒼が言うと、千夜子は驚いた顔で辺りにランプを向けた。

「すごい嗅覚！　当たりです。ここはお父さまの書斎なのです。ここが書斎机で、こちらに来客用の椅子があって……」

揺らめく明かりが品のいい洋風の調度を照らす。

そして最後に、オイルランプの明かりは、一個の頭蓋骨を浮かび上がらせた。

「……！」

蒼は軽く目を見開く。千夜子はそんな蒼に向かって、囁いた。

「それと、これが私のお母さまです」

面白がるようでいて、どことなく真摯な声だった。

常人ならば悲鳴を上げるところかもしれない。が、蒼は冷静だ。

オイルランプを取ると、一歩、二歩、闇に浮かぶ頭蓋骨のほうへと歩いて行く。

「レプリカではないのですね。本物の骨。全身の骨格標本」

ランプを掲げれば、蒼にはぱらぱらと骨からの情報が届いてくる。台座に固定されているせいで実際の身長よりも高く見えるが、これは蒼よりも少し小柄な人物の骨格であろう。歯の揃《そろ》い方からして老人ではない。

蒼が骨格標本の前に立ってしげしげと眺めていると、千夜子は呆《あき》れたため息を吐いてランプを下ろした。

「あなた、本当に全然驚かないんですね。面白くないわ。書斎に本物の骨格標本、しかも家族の骨を置くだなんて、うちの父は正気じゃないと思いません？」

「この標本を作ったのは、お父さまなのですか？」

「そうです。父が好きな人間は、母だけですから」

吐き捨てるように言い、千夜子は骨格標本の前の足下に座りこむ。

蒼は少し迷ったのち、彼女のすぐ隣に自分も座った。千夜子はそれを、いい、とも、悪い、とも言わず、膝を抱えてむすっとしている。

蒼はそんな千夜子の横顔を眺めて、ゆっくりと口を開いた。

「あの。私、両親がどんな人だったか、覚えてないのです」

「あら。蒼さんって、みなしごだったんですか？」

千夜子は少し驚いたように顔を上げる。生い立ちについては噂が回っているだろうと思っていたのだが、案外そうでもないようだ。蒼は意外に思いつつも、控えめに続ける。

「はい。あちこち親戚のところを巡っていたのですが、私の不徳のせいで家を飛び出すことになりまして。結局、働いているところを宗一さまに見初められて、結婚を」

「それは……大変なことでしたね」

千夜子の返事には万感がこもっていた。

このひとはやはり、優しいひとだ。蒼は少し嬉しくなりながら、ゆっくりと続けた。

「だからというわけでもないのですが、ひとのご両親の話を聞くのは好きかもしれません。私も何か、思い出せそうな気がして」

蒼の話を聞くと、千夜子は決まり悪そうに膝を抱え直す。

「……実際に側《そば》にいたら、面倒なものですよ」

「そうなのですね」

「そうよ」

千夜子はムキになって答えるが、蒼は素直に小さくうなずくのみだ。

暖簾《のれん》に腕押しと言えばそうだし、揺らがない態度と言えばそう。千夜子にとっては、それが楽だったのかもしれない。小さく息を吐いて、少し落ち着いた様子で話し出す。

「……母は、私を産んだことで死んだのです。だから私も母の顔は知りません。父は滅多に私の顔を見にも来なかった。私を育てたのは乳母です」

床に置いたオイルランプの明かりが、ゆうらりと揺れた。

千夜子はその明かりを、じっと見つめて続ける。

「幼いころは、私も父に好かれようと必死でした。たった一人の親ですもの、当然ですよね。でも、父は『忙しいから』と、医者の仕事で飛び回る以外はずっとこの部屋にこもっておりました。小さい私は、この部屋に入るのは絶対禁止」

言われて、蒼は辺りを見渡した。オイルランプひとつでは部屋の全貌はわからないが、蒼の目も少しずつ慣れてきた。大きな書斎机と椅子、その後ろには大きな書棚があるようだし、いろいろなものが置いてありそうだ。

「お仕事部屋ですものね。それとも、何かを壊すといけないからでしょうか？」

蒼が聞くと、千夜子は小さく笑って上を見た。

「何かを、ではありません。これを、ですよ」

「これを。骨格標本を？」

蒼もつられて上を見る。吊《つ》り下《さ》げられた標本は、ただただ沈黙してそこにある。

「そう。五歳か六歳のころでしょうか？　好奇心に負けてこの部屋に忍び込んで、私、悲鳴を上げました。これが恐ろしくて、恐ろしくて、助けを呼んだ。ちょうど帰ってきた父は、私が書斎に居るのを見て酷く叱りましたよ。『お母さんが壊れたらどうする』と」

「少し変わったお父さまかもしれませんね、それは……」

さすがの蒼も驚いて、千夜子に視線を戻した。

自分が千夜子と同じ立場だったら、酷く驚いてしまうに違いない。子どもは隠されたものを見たいものだし、親には優しくされたいものだ。それなのに、怒鳴られたあげく、骨が母のものだと知ったら。一生忘れられない衝撃になるに違いない。

千夜子はどこか諦めたような目で、闇を睨みつける。

「父は結局、母が好きなのです。標本にしてずっと共にいるくらい、母だけがずっと好きなのです。だから、母の死因となった私のことは嫌いなんでしょう」

父を語るとき、千夜子の声はひどくこわばった。力をこめなければ、声が震えてしまうのだろう。必死に強がっても、語尾にはどうしても震えが残っている。

少女なのだ、と思った。

千夜子は優秀な学生で、もう父の助手もしていて、賢くて、強い。でも、どこかでどうしようもなく少女なのだ。まだ、父に愛されたくて。まだ、会ったことのない母に焦がれていて。一足飛びに大人になりながらも、まだ、子どもでいたくて。

「父の視界に入りたくて医者の道を選んだのに、今度は結婚しろだなんて。嫌がらせとしか思えません。私みたいな女と結婚したい男なんか、いないに決まってる」

そう吐き捨てて、千夜子は自分の膝に顔を伏せてしまった。

蒼はそんな千夜子を見つめ、次に骨格標本を見た。

千夜子のお母さんは、どんな気分でここにいるのだろう、と考える。死んだ者はものを考えたりはしないし、気分もない。わかってはいるのだ。わかってはいるが、もし今ここにいる彼女に心があったのなら、千夜子に何を言いたいだろう。

ただの同級生である蒼からは、何も言うことができない気がした。

今の千夜子に語りかけるべきは、自分ではない。

父親か、もしくは、ここにいる母親だ。

オイルランプに照らされた、骨格標本の足。蒼は少し顔を近づける。

そして、急にオイルランプを手に取った。

「蒼さん？」

千夜子が声をかけてくるが、蒼は夢中になって立ち上がる。オイルランプを突きつけて、骨格標本を観察した。途端に猛烈な情報が蒼に向かって浴びせかけられる。

各種骨の大きさ。形。つながり。状態。このひとは女性にしては大柄だ。蒼よりは少し小さいが、千夜子よりは大分大きい。ひょっとしたら千夜子は父親似なのかもしれない。ひょっとして、だから藤枝は蒼に対して優しかったのだろうか……？

「蒼さん、ねえ、どうしたんです？」

千夜子が、少々不安げに蒼の肘を引いてくる。

蒼は千夜子を見下ろすと、はっきりと言った。

「お母さまは、千夜子さんを産んだせいで亡くなったのではありません」

「え……!?」

千夜子が悲鳴に近い声を上げる。彼女はそわそわと立ち上がり、目をつり上げた。

「なんだっていきなり、そんなことを言い出したんです？　両親のことで適当なことを言われたら、私、怒りますよ！」

「いい加減ではないと思います。見てください、お母さまの足の骨です」

蒼がオイルランプを下げると、千夜子は勢いよくしゃがみ込む。

そうして骨をじっと見つめ、難しい顔になる。

「石膏《せっこう》か何かで継がれた痕がありますね。私が倒した記憶はないから、父が壊したんじゃないでしょうか」

「そうかもしれません。でも、こちらは？」

蒼が指さしたところを見て、千夜子は眉根を寄せた。

「こちらは見知っています。骨折だわ。骨折して、治った痕」

「確かにそのように見えますね。骨折のあと、自然に繋がったら、このように大きなコブになるかもしれません。ですがお父さまは、お母さまの骨折をそんなふうに放っておくでしょうか？」

「どういうことです？」

千夜子が焦りを含んだ声を出す。蒼は千夜子を見つめる。

その間にも、蒼の脳裏には様々な医学書の絵図が、写真が、標本が、怒濤《どとう》のように流れていく。骨の異常を起こす数々の病の中から、たったひとつの名前が蒼の脳裏に浮かぶ。蒼は言う。

「これは骨転移の一種です。病気で骨が異常に脆《もろ》く発達してしまった。癌《がん》です」

「癌……」

千夜子が押し殺した悲鳴のような声で言う。蒼はうなずいた。

癌は古い病である。古代エジプトのミイラからも発見されたことがあるのだという。日本では江戸時代に華岡青洲《はなおかせいしゅう》が乳癌治療を行っていたものの、『癌』という名で広く患者にも告知されるようになったのは、明治時代になってからであった。診断をつけることができるのはまだ、海外の医師か、東京医学校の医師かに限られる中、蒼にはそれが『見えて』いた。本来は透視能力でもなければ見えない骨の中身までもが、蒼には見えるように感じ取れたのだ。

「ここまで骨に影響が出ているということは、症状はかなり進んでいたのではないかと思います。もちろん治療されたのでしょうが、骨転移まで進んだ癌の治療は難しい」

　蒼は普段とは別人のようになめらかに喋り、骨格標本の顔を見上げた。

　そこに一瞬、生きた女の顔が見えたような気がする。どことなく千夜子に似た、真っ白な女の顔。その顔は苦痛にゆがんではいなかった。むしろどこか神聖なくらいに静かな表情で目を閉じていた。

　蒼は自分の想像の中の千夜子の母の顔を見つめて言う。

「おそらく千夜子さんの出産も、通常分娩《ぶんべん》ではなかったでしょう。帝王切開術で取り上げたのではないでしょうか。お母さまの命が尽きるか、千夜子さんの命が尽きるか、ぎりぎりの場面だったかもしれない……」

「待って。待って……」

　千夜子の声が震えている。蒼の言葉を聞いていられなくなったのか、千夜子は不意に立ち上がった。その拍子に、彼女の肩は骨格標本にぶつかってしまう。

「あっ……！」

　千夜子が悲鳴をあげた。ぐらり、と骨格標本が揺れる。

　蒼はすかさず手を伸ばし、骨格標本を抱き留めた。

「無事ですか、千夜子さん」

かさついた骨を抱きしめながら、蒼は千夜子に問う。

千夜子は青ざめた顔で蒼を見上げ、震え声で言った。

「だ、大丈夫。でも、お母さまは？」

蒼は慎重に骨格標本を元のように戻し、全身を確認する。

「どうにか無事だと思います。あっ……」

標本は見えないところまで補強して作られているのだろう、目立った欠けなどはないようだ。ほっとしかけたところで、蒼は声を上げた。

そのまましゃがみ込んで確かめる。骨格標本を固定してある台座の金属プレート。日付とイニシャルだけが記入されていたそれが、外れかけていた。

「申し訳ありません。台座のプレートが取れてしまいました」

蒼は申し訳なく思って言うが、千夜子は青い顔のまま首を横に振る。

「プレートくらいなら構いません。それにこれは、元々ずれるようになっているみたい」

蒼の隣にしゃがみ込み、千夜子はプレートをさらにずらした。プレートはかすかな擦過音を立てて外れ、木製の台座には小さな空洞が現れる。

「何か、入っていますね」

千夜子はうわずった声で言い、台座の中を指で探る。蒼も固唾を呑んで見守った。

「標本についての資料か何かでしょうか？」

「資料ならば、隠すような真似はしなくてもよさそうですが……」

千夜子は言い、取り出した薄い紙を広げた。蒼がランプでその紙を照らす。そこには、墨で書かれた細かな文字がきれいに並んでいた。千夜子は眉間に皺を寄せてその文字を読み解いていたが、ほどなく顔がくしゃりとゆがむ。彼女はそのまま、子どものようにぼろぼろと涙をこぼし始めてしまった。

「千夜子さん……」

蒼は慌ててドレスのポケットから手巾《ハンカチ》を取り出し、千夜子の涙を拭いてやる。千夜子はひくひくと嗚咽《おえつ》をこぼしながら、声を絞り出す。

「おか……おかあ、お母さま、です……」

「お母さまの、お手紙ですか？」

蒼の問いに、千夜子はこくこくとうなずく。そして、握りしめすぎてくしゃくしゃになった手紙を蒼のほうへ突きつけた。自分が読んでいいものだろうか、とためらいを覚えつつも、蒼はそうっと手紙をのぞきこむ。

そこに並んだ文字は、よくよく見るとあちこちに震えや乱れが見えた。それでもどうにか立て直し、立て直し、美しく並べられた文字だった。行間から立ち上るのは、背筋の伸びた凛《りん》とした女性の姿である。

手紙の中から、彼女は語る。医業に携わる藤枝への尊敬と、生まれてくる子どもへの希望を。子どもが自分と同じ病を背負って生まれるのではないか、という不安を。子を身ごもりながら闘病する彼女の不安は、さぞや深かったのであろう。

しかし、彼女は不安に浸るだけではなかった。

「──献体なさったのですね、お母さまは」

蒼は感嘆のつぶやきを漏らす。千夜子はまだ涙をこぼしながら、囁いた。

「もしも、私がお母さまと同じ病でも、どうか研究を進めて治療をしてくれ、と。そのために自分の体は解剖し、隅々まで標本として使ってくれ、と。これは、お母さまが、お父さまに宛てた、遺書です……」

蒼は、自分の目の奥も胸の奥も、一気に熱くなるのを感じる。この熱さをどうしたらいいのかわからず、蒼はそっと千夜子の背に手を回した。

そして、はっと気付く。

「千夜子さんのお父さま、そういえば、嫌煙派でしたね？」

「……？　そうね。あっ……」

千夜子は怪訝《けげん》そうな顔をしたが、すぐに蒼の言わんとしていることに気付いたようだ。

千夜子と蒼は顔を見合わせる。

「千夜子さんのお母さまの死因は、おそらく、肺癌」

蒼が囁くと、千夜子も浅くうなずいた。

「お母さまが肺の病だったから、お父さま、禁煙なさったのね」

なんとも律儀なことではないか。愛する妻が闘病を終えても、藤枝は禁煙を続けたのだ。おそらくは亡き妻のことを思い続けながら。

蒼がしんみりとしていると、千夜子は小さく笑い声をあげた。

「……私、莫迦みたいだわ。お母さまがこんな思いをして産んでくださったのに。お父さまだって、全身全霊をかけて、私を生かしてくださったのでしょうに」

少々投げやりな口調ではあったが、その声はぐっと明るくなった。

蒼はほっとして、千夜子の背を撫でる。こうしていると、千夜子は小さい。でも、彼女の背後には立派なご両親がいる。生きていても、いなくても、面識すらなくても、はっきりとそこにいるのだ。蒼は心の底から言う。

「立派なご両親ですね。……羨ましいです、私」

親元で安心できていたころの記憶が、蒼にはない。優しい記憶とふれあえるのは夢の中だけで、その夢もいつも蒼を責め立てて終わってしまう。なぜなのだろう。果たして過去に、何があったのだろう。

蒼が物思いにふけっている間、千夜子はどこか面白そうな顔で蒼を見ていた。

「気付いてる？　立派な親だと気付かせてくれたのは、あなたなのですよ」

千夜子が少々気さくな調子で言ったので、蒼はびっくりして聞き返す。

「本当に？」

「本当。ありがとう、蒼さん」

千夜子は崩れるように笑い、蒼の胸に顔を埋めてきた。

反射的にかき抱いた体は、温かかった。柔らかかった。千夜子の体からは余計な緊張が抜け、気持ちよさそうに蒼の胸に頬をすりつけてきた。

気位の高い捨て猫が、やっと家を見つけたかのような所作だった。

「嬉しいわ。あなたが居てくれて、本当に嬉しい。ごめんなさい。ずいぶん酷いこともしたのに、私、恥知らずですね。それでも、私のこと、友達と思ってほしいの」

千夜子がくぐもった声で囁く。

友達というありふれた言葉が耳から入り、胸の中で星のように輝くのを、蒼は感じた。酷いことなんてされただろうか。もう少しも思い出せない。

思い出せるのは、必死に学んでいる彼女、自信満々の彼女、ついさっき泣いていた彼女、そして今、柔らかな心を広げて蒼に見せてくれている彼女だけだ。

千夜子が友達なのは嬉しい。心の底からそう思って、蒼は囁き返す。

「はい。ええ。もちろん……千夜子さんがいいのなら」

◇

「このあと、千夜子さんはどうします？」

「蒼さんは？　舞踏会の会場に戻られる？」

暗闇の中で言葉を交わす。蒼は千夜子がすっかり落ち着いたのを見てうなずいた。

「はい。私は宗一さまの様子を見ません と。一番側であの方の体調を見ていられるのは、私ですから」

「……なるほど」

千夜子は思案げに言って立ち上がる。蒼は自分も立ち上がり、まずは千夜子のドレスの裾を整える。ついでに手巾で、涙の痕もきれいに拭ってぼかしてやった。千夜子はされるままにしたのち、お返しに蒼のドレスを整える。そして、大きく息を吸った。

「よし！　私も行きます。蒼さんに負けていられないもの」

「千夜子さんが私に負けるなんて、あり得ないと思いますけど」

「またそういうことを言う！　もういいです。私だって、とびきり美男子で甲斐性《かいしょう》があって、私みたいな女医が好きな婚約者をつかまえて見せますから！」

千夜子は鼻息荒く言い、真っ直ぐ扉を開けて出て行く。

蒼は慌てて彼女を追おうとした。

が、実際には立ち止まり、耳を澄ませる。なんだろう。何かが気になる。

蒼は振り返った。薄暗い廊下はランプの明かりで薄ぼんやりと照らされているが、先のほうは闇に沈んでいる。藤枝先生はあの先には何があると言っていただろうか。

――闇の中で、何かが、動いた。

「……宗一さま？」

蒼は小声で夫の名を呼び、ゆっくりと闇の方へと近づいていく。

なぜ宗一と思ったのかといえば、雰囲気が似ていたとしか言えない。

蒼は歩いていく。足下で、ぎぃ、と廊下に張られた板がきしむ。

闇の中にたゆたうひとの気配が近くなってくる。

「宗一さまですね。あの、私、素敵なお話を聞いたのです。藤枝先生ご夫婦の――」

「……すみません。わたしは、宗一という者ではありません」

闇の中から、いかにもすまなそうな声が聞こえてきた。

蒼ははっとして足を止め、申し訳なさに頭を下げる。

「申し訳ございません。すっかり誤解してしまいました」

「いえいえ……これだけ暗いので、仕方ありません。わたしは、入院患者ですよ。ちょっと用足しに出ただけですので……げほ、げほっ」

宗一と同じくらいの歳《とし》の男は、何度かせき込んだ。蒼は躊躇いがちに身を乗り出す。

「私、お手伝いいたしましょうか。一応医学生なのです。名は城ヶ崎蒼と申します。けして不審な者ではございません」

「城ヶ崎さん。ご親切にありがとうございます。でも、もう病室に戻るだけですから」

「そうですか。では、お大事になさってくださいね」

蒼はできるかぎりの思いやりをこめて言い、身を翻す。入院患者がいたということは、この先は藤枝医院の病室なのだ。いくら医学生とはいえ、むやみに入ってはいけない。

宗一のいるであろう広間へ戻ろう、と歩き出す。

そして、止まる。

蒼は、振り返った。

闇の奥に、まだ、さきほどの入院患者の気配がある。

その気配に向かって、蒼は言う。

「……あの。あなた、病人ではありませんね？」

「…………」

入院患者は答えない。

沈黙。

やがて、たたっと軽い足音が響いた。

病人のものではあり得ない、異様に素早い足音。

「……！」

気付けば、入院患者だと思っていた暴漢が、蒼に肉薄している。

つかみかかってくる。避けられない、と思う。

それでも蒼の体は勝手に後ろに下がろうとし、ドレスの裾を踏んで転がった。

「きゃっ……！」

蒼がいきなり転んだことで、暴漢の腕は空を切る。

が、暴漢は悪態をつくでもなく、すぐに蒼を引っつかもうと手を伸ばしてきた。

パンッ、と、何かが破裂する音が大気を震わせる。

「ぐっ……！」

暴漢がうめき、不意に倒れた。いや、自ら伏せたのだろうか。

血の臭いがする、と蒼は思う。あまりにも嗅ぎ慣れた臭いだった。

ここにいたって、やっと事態がのみ込めてくる。

先ほどの破裂音は、銃声だ。

誰かが暴漢を撃ったのだ。

蒼の脳裏に、宗一の胸元にあった銃創がよぎる。頭の芯がくらくらする。

「伏せろ」

鋭く静かな宗一の声が辺りに響いた。宗一だ。宗一がいる。そのことでほんの少しだけ安堵して、蒼は言われた通りに頭を下げる。

暴漢はその隙に、這いずるようにして廊下の角まで後退したようだ。

音もなく身を低くした宗一が駆けこんできて、蒼の襟首を掴《つか》む。

「っ……！」

　何をするのですか、と問う前に、宗一は蒼を柱の陰へ引っぱりこんだ。上に大きな壺《つぼ》を載せた、大理石の柱だ。ここにいれば、廊下の角に隠れた暴漢からは死角になる。

「怪我《けが》はないかね、蒼」

　低い声で囁かれ、蒼は少しばかり身震いする。目の前にいるのは間違いなく宗一だが、いつもの宗一とはどこかが違う。無機質でぎらついている。抜き身の刃のような気配だ。

「怪我は、ございません。宗一さま、さっきのは……」

　あなたが撃ったのですか、と言いかけて、蒼はやめた。

　そんなものは愚問だったからだ。少し離れた壁に据えられたランプが、宗一の姿を薄ぼんやりと照らし出している。額に汗を浮かせ、大理石の柱に体重を預けてはいるが、冷静だ。吸いつくような山羊《やぎ》革の手袋をした手が握っているのは、短銃で間違いない。火薬の臭いもまだほんのりと辺りに漂っていた。

　これが宗一なのだ、と蒼は直感する。

　こちらが本当の宗一なのだ。

　何も見せてくれない微笑みの奥にあったのは、目の前の姿なのだ。

　荒事に慣れ、冷徹に銃弾を放つひと。

蒼が呆然《ぼうぜん》としていると、パン、パンと乾いた音が何度か響き、風を切るような音も続いた。宗一が蒼の肩を抱き、自分の胸に抱き寄せてくる。

「……！」

ふわりと甘く、煙たい香水が香って、蒼はこんなときなのに胸が騒ぐのを感じた。

宗一は宗一で、どこか楽しそうな声を出す。

「ダンスよりも、銃撃戦を教えるべきだったかな」

「宗一さま……お体の調子が悪いように見えます」

「よくはないな。こうしてあなたが抱かれていてくれると、いささか楽だ。まあ、ここからだとお相手に弾が当たらないのが難だが……」

宗一は言い、手にした銃を壁に向ける。

「耳を塞いで」

「はい……！」

蒼が言われた通りに耳を塞ぐと、宗一は引き金を引いた。

一、二、三発。どれも壁に、いや、廊下に並ぶ金属扉に当たって、弾は跳ね返った。

「ぎゃっ……！」

続いて悲鳴が上がる。

まさか、ひょっとして、そんなことができるのかはわからないけれど、宗一はわざと弾を跳ねさせたのだろうか？

金属製の扉に反射させることで、死角にいた暴漢を撃った……？

蒼が自分の予想に震え上がっている間に、広間側から硬い足音が複数近づいてくる。

「城ヶ崎大尉！　ご無事ですか！」

いかにも軍人らしいハキハキした物言いで、やってきた男が宗一の傍らに膝をつく。

「無事だ。入りこんでいたのはひとりだと思うが、警戒しろ」

宗一は少し物憂げに言い、立ち上がろうとした。蒼は宗一が立つのを手伝いつつ、おそるおそる周囲を観察する。陸軍の軍服をまとった男達の数は五人。銃を構えて廊下の角を確認し、さきほどの暴漢を捕らえようとしている。暴漢には確かに宗一の弾が当たったらしく、低くうめきながら血を垂れ流していた。

「……後は彼らがどうにかする。行こう、蒼。怖い思いをさせたね」

宗一が少々青い顔色で告げる。蒼は宗一を支えるようにして、広間のほうへと戻っていく。さきほどまで舞踏会でにぎやかだった広間は騒然としており、藤枝が不安げな顔で宗一と蒼を迎え入れた。

「おお、おお、無事で何よりだった……！　医院に暴漢が入りこんでいたのかね？」

藤枝は蒼と宗一を交互に見つめて訊《たず》ねたので、蒼が控えめに報告する。

「自分は患者だ、とおっしゃっていたのですが、どう見ても、健康体の方でした。声も、臭いも、足音も。それで、患者ではありませんね、と言ったら、逆上されて……」

「ほほう、声と臭いと足音で健常者を見分けるとは。さすが、噂の鋭さですな」

藤枝は感心して自分のあごを撫でる。宗一は広間の隅のソファへ腰掛け、やっと拳銃をベルトの後ろに戻した。

「蒼にはのちのち説明しよう。この医院には少々やっかいな入院患者がいたのだ。殺されたら大問題になるような、やっかいな患者がね」

人ひとりが殺されればそれだけで大問題だろうが、おそらくわざわざ宗一が言うのだから『もっと』やっかいということなのだろう。政治家であるとか、思想家であるとか、海外からの亡命者であるとか、そういったこと。

「さきほどの方は、その患者さんを殺しに来た方だった、ということですか？」

蒼がおそるおそる問うと、宗一はうっすら微笑んだ。

「あなたは本当に察しがよくて気持ちがいいね。そういうわけだから、藤枝先生が自宅で舞踏会をやる、と言ったときは焦ったよ。ひとの出入りが多くなれば、どうしても警備が難しくなる。ねえ、先生？」

話をふられた藤枝は、つややかな額に浮かんだ汗をしきりに拭き取る。

「あの患者がそこまで危険だと知らされていたら、わたしも考えましたが。……いや、知っていたとしても、身内だけの会だからかえって安全だ、などと主張したかもしれませんね。娘のこととなると、どうしても我を忘れがちだ。反省します」

「ま、わたしで時間稼ぎが足りたのなら、何よりですよ」

宗一は言い、薄いまぶたを閉じた。

直後、屋敷がびりりと揺れる。ドンッという少々重い破裂音。

はっと宗一の目が見開かれ、ソファから飛び起きる。

「今度はなんだね！」

藤枝が慌てて廊下の方へと駆け寄った。宗一はその肩を掴むと、藤枝を引き寄せる。

「行ってはいけない。爆発音です」

「爆発だと⁉　わたしの医院で⁉」

藤枝が血相を変えて振り返る。

その顔を見ると、蒼の頭の中でパチパチと火花が散った。

なんだ、これは。なんだ、この感覚は。

蒼はこれを知っている。

蒼は、この感覚を知っている。

この景色を見たことがある。この揺れを、音を、臭いを知っている。

「火事……！」

「蒼？　蒼!!」

もはや蒼には宗一の言葉すら聞こえていなかった。考えるより先に体が動き、ドレスの裾をたくし上げて廊下のほうへとつっこんでいこうとする。

先ほどまでは薄暗かった廊下が、赤々とした光に照らされているのがわかる。

火だ。火が出たのだ。景色がゆらゆら、ゆらゆらと揺れている。火に温められた空気が視界をゆがめる。その向こうに、蒼のいつもの夢の景色が見える気がする。

美しい和洋館――そうだ、夢の家はこの藤枝家によく似ていた。洋館部分が医院で、住んでいた部屋には畳が敷いてあった。そして、どちらも燃えた。いつも眠っていた布団が燃えて、いつも遊んでいた医院の待合室が燃えて。

「とうさま、かあさま……」

蒼は思わず口走る。

かつての診察室で、白い服を着た父と母が笑っているのが見えた気がした。

懐かしいひと。大好きなひとが、笑って、笑って、笑っている。

いや——違う。

笑ってなんかいなかった。

あのときの両親は、笑っていなかった。

パチパチ、パチパチと記憶が火花を散らし、脳内にかけられた最後の錠前が砕け散る。押しとどめられていたものが一気に押し寄せてくる。蒼が自分で封じ込めた記憶が大波になって襲ってくる。

『とうさま！　かあさま！』

あのとき、あの火事のとき、幼い蒼は燃える炎の中で必死に叫んでいた。

父と母は自分の前に転がっている。

二人とも紫色の死に顔をさらして、誰かがぞんざいに放り出した人形のように見えた。板敷きの床には血が流れ、隣の部屋では炎がゆらめいている。逃げるなどという考えはなかった。幼い蒼は死んだ両親にすがりついて叫んでいた。

『しないで！　おねがい、おねがい、あおいを、おいてかないでぇ……』

七つやそこらの子どもに、両親なしの人生など考えも及ばなかった。

両親は蒼のすべてで、蒼の世界で、蒼の安心で、蒼の未来だった。優しく手を取り、頭を撫でて、問いを投げれば教えてくれて、腹が減ったら満たしてくれて、先へ、先へと連れていってくれるひとだった。

その二人がいなくなるということは、蒼にとって人生の断絶だった。

もうここから少しも動けない、ということだった。

だから蒼は動けなかった。

海鳴《みなり》家……そうだ、自分の名字をも思い出した。自分たちは海鳴という家だった。

夢の中で両親が着ていた白い服は、医者の白衣だ。蒼はいつだって医院の待合室で遊んでいた。この日もそうしていたはずなのだけれど、気付いたら両親が倒れていて。

続いて、ドンッという音がして、火が出たのだ……。

『しにたい……とうさま、かあさまがしぬなら、あおいもしにたい、しなせて、ここにいさせて、ねえ、おねがい、いっしょにいさせて……!!』

幼い蒼の口から、そんな言葉が出たとき。

『生きているのか！』

誰かの力強い声がした。

はっとして振り返ったときに見えたのは、大きな手だ。

まだ少年らしさを残した大きな手が、蒼の手を掴んだ。そうして幼い蒼の体を引っ張り寄せると。抱きかかえて走り出した。

燃える景色がどんどん流れていき、両親の姿がどんどん遠くなっていく。

その時点でやっと自分が助け出されたことに気付き、蒼は目を見開いて叫んだ。

『とうさま、かあさま！　だめ、もどして、いっしょにいる！　やだ、さみしい!!』

『駄目だ。君は生きろ！』

蒼を抱いたひとはそう言って、走って、走って、走った。

思い出した。そうだったのだ。あのとき、蒼は自分の命を拾ってもらった。

見ず知らずの美しい青年に。

じーわ、じーわ、じーわ。

耳の奥で、幻影の蟬《せみ》が鳴いている。

記憶の淵《ふち》をのぞきこんでいた蒼の意識が、ゆるゆると現実に立ち戻ってくる。

「……蒼。大丈夫だ、蒼」

耳元で、あのときの青年が囁いている。その声はあのときよりずいぶんと低く、かすれていたけれど、そのぶん深く柔らかくなったように思う。

いつしか蒼は藤枝の屋敷の裏庭にいて、穏やかな熱に背後から抱きこまれていた。

火を避けるために連れ出されたのだろうが、蒼はさっぱり気付かなかった。

　こんもりとした林の中に浮かび上がる屋敷は、少しも燃えてはいない。暴漢の起こした小火《ぼや》は、すぐに消し止められたようだ。蒼が見ていたのは、途中からは過去の炎の幻だったのだろう。

　ぽたり、と開いたドレスの鎖骨辺りに温かいものが落ちてくる。

　涙だ、と、思った。

「大丈夫、大丈夫だよ、蒼……火は消えたから。患者はとうに別の場所に移していたし、犯人を含め、誰も死にはしなかった。誰も死ななかったんだ。今日は……誰も」

　宗一はかすれた声で囁きながら、ぽたり、ぽたりと涙をこぼしている。

　涙が落ちたところが不思議なくらい熱くなるのを、蒼は感じた。

　鎖骨が熱い。皮膚に感じた熱が体に染み入ってくる。

　鎖骨から肩、胸、その奥の心臓までが、熱い。

　気付けば、自分を抱きしめる宗一の腕にはひどく力がこもっていた。息苦しいくらいの力が、今はひどく安心できた。

「宗一さま……」

　大切にその名を呼ぶと、落ちてくる涙が止まる。宗一はやっと蒼を抱く腕から力をゆるめ、肩をつかんで向き合った。

「蒼。正気に戻ったかい」

「はい」

蒼はうなずく。涙がこぼれた跡を隠しもしない宗一の顔は、いつもよりずっと幼く見えた。そう、初対面のとき、彼は一体何歳だったのだろう。十六かそこらだったのだろうか。だとしたら青年というよりも、ぎりぎり少年といってもいいくらいの年頃ではないか。

そんな歳で、このひとは自分を助けてくれたのだ。

そう思うと、熱くなった心臓がぎゅうぎゅうと締め付けられるようだ。

蒼は自分も目の奥を熱くしながら、目一杯微笑んで見せる。

「おそらく、七歳からこちらの人生で初めて……正気に戻りました」

「蒼……」

蒼の一言で、彼女に記憶が戻ったことが分かったのであろう。宗一は蒼の名を呼んだまま、その続きを何も言えずに黙りこんだ。

蒼もどんなことを言ったらいいのかわからず、どうにか一言を絞り出す。

「お久しぶりです、宗一さま」

「蒼。……遅れて、すまなかった、蒼」

宗一は囁き、改めてもう一度、力の限り蒼の体を抱きしめた。

二人の間にあった十年の月日が圧縮されて、ぱちんと弾ける。

じーわ、じーわ、じーわ。

記憶の中で、蟬が鳴く。

あれは実家の火事の後のことだった。

焼け出された蒼は、近所の寺の境内に避難していた。蒼の家から出た火は周囲一帯を焼いたのだろう。境内には他にも焼け出された者たちが集い、不安そうに語り合っている。

蒼は痛む体を抱き寄せて、縮こまって地べたに座っていた。

自分の前には煤《すす》に汚れた宗一がいて、その後ろに泡立つような白い百日紅《さるすべり》が咲いている。

真っ青な空に映える百日紅。風が吹いて、花の付いた枝がゆらゆらと揺れた。

宗一は傷ましげに眉根を寄せて、蒼に言う。

『待っていてください。すぐに戻ります。あなたのことは、きっと僕がどうにかする』

『どうにか……？』

『嘘ではない。僕はこのあたりに母上と二人で住んでいます。母上はきっとあなたのことを放ってはおきません。だからどうか、待っていてください』

熱心に告げた彼の声を、今の蒼はひどくはっきりと思い出せる。

あれは、両親の死と火事の衝撃で空っぽになった心に注ぎ込まれた、たったひとつの希望の言葉だった。呆然としながらも、蒼は藁にもすがる思いでうなずいたのだと思う。

宗一はそのまま身を翻し、勢いよく駆けていった。

駆けていって――そして、戻ってこなかった。

蒼は待った。小さな膝を抱えて、宗一を待った。

待っている間に日が傾いて、大人達が自分をどこかへ連れて行こうとした。蒼は必死に拒否したけれど、夜になるころには空腹と疲労に負けて交番へ行った。その後は大人たちがなり立て、喧嘩《けんか》をしながら自分の身柄を押しつけ合うのを、縮こまって見ていることしかできなくて。そうして蒼は、悲しみを忘れていったのだ。

衝撃と裏切りの記憶を、心の奥底に封じ込めた。

生きていくために、そうした。

宗一は蒼を抱きしめたまま語る。

「すぐに戻るつもりだった。自分があなたの面倒を見るのだと、心に決めていた。だが、帰宅するなり拉致同然に城ヶ崎家に引き立てられ、外出が許されたころには、あなたの行方は知れなくなっていた――」

「それを今まで気に病んでくださったのですか？　宗一さまは、優しすぎます」

蒼は本心からつぶやいた。たった十五、六歳の少年が、孤児の世話をすると決心するなど、あまりに徳が高いとでも言おうか。周囲に反対されるのは、城ヶ崎家の事情がなくとも当然のことに思えた。

しかし宗一は納得がいかない様子で言いつのる。

「そういうわけではないよ。わたしは勝手だったのだ。当時から、自分が私生児であることは薄々気付いていた。隠れるように過ごす母と二人の生活は孤独で、この世にひとりで立っているような気持ちだった」

途方もない孤独には、蒼にも覚えがある。蒼は我知らず、宗一の背中に両手を回し、その腕にぎゅっと力をこめた。

宗一の指が蒼の髪をそっと撫でる。その指はわずかに震えている。

「あのとき……子どもっぽい正義心からあなたを助けて……わたしは、あなたをわたしと重ねたのだと思う。あなたの孤独を、わたしの孤独と重ねたのだ」

嚙みしめるような声。この人の中にある、根っこにしみついた悲しみのようなもの。それは孤独だ。

この広い世界にたった一人で立ち尽くしている者のやるせなさだ。この、美しくて豊かで、何もかも持っていそうなひとには一番似つかわしくない感情だ。

「わたしは勝手だ。あなたのことをそれ以上探そうとはしなかったのに……こんな体になって任務を離れてから、また未練がましくあなたに関わってしまった」

宗一の声が徐々に毒を含み始めたのを聞き、蒼は宗一を見上げた。

そして、はっきりと言う。

「宗一さま。私は宗一さまに見つけて頂いて、とても、とても、しあわせです」

「蒼」

宗一はなぜか、ぎょっとしたような顔をする。恐ろしいものを見たような顔で、蒼を見下ろしてくる。罪悪感に浸っているがゆえに、宗一は蒼がどれだけしあわせなのか見えていないのだと思う。だから蒼は容赦なく続ける。

「衣食住も、知識も、家族も、あなたに与えていただかなければ、きっと同じものは手に入らなかったでしょう。私、まだ二十歳にもなっておりません。なのにもう、百年ぶんくらいしあわせです」

どれもこれも完璧に本当のことだったから、一切よどみなく言えた。

宗一はまだ少し戸惑った様子だったが、徐々に穏やかな表情になっていく。

「そうか。……ありがとう、蒼。わたしもしあわせだよ。あなたが、どんな地の底を這った後でも、美しい心を持ったままで、本当にしあわせだ」

宗一は蒼を抱いていた腕を緩め、蒼の背を軽くなでた。父のように、兄のように。わざわざ自分の心を礼儀正しいところまで引き剝がすような所作だった。

だから蒼は、逆に前に出た。彼の胸にすがるようにして、蒼は宣言する。

「宗一さま。私はもう充分しあわせなので、これからは私が宗一さまをお助けいたします」

宗一を助ける。そうだ、自分はそのためにここにいるのだ。

宗一の体調に目を光らせ、その魂の傷にも手を当てていく。宗一が進んで生きようとしないのならば、自分が助けるしかないだろう。

蒼は心を決めているのに、宗一はまだ険しい顔をして見せる。

「わたしはいいんだ、蒼。今日のことで、大体わかっただろう。わたしは皆に言えないような任務を受けて、外国にいた。あちらでは様々な任務についていたんだよ。わかるかい？　そのすべてが、胸を張れるようなことではない」

「それがなんです」

蒼は言う。宗一の空白の期間に何があったのかなど、蒼には知るよしもない。

だが、蒼には目がある。相手の病状を見抜き、感情を見抜き、本質を見抜く『サトリ』の目が。その目で宗一を見据えて、蒼は言う。

「何があったとしても、あなたは美しいままでした」

「蒼……」

宗一の目が軽く見開かれる。その目の中に、蒼の姿が映っているのがわかる。うっすらと頰を赤く染め、懸命に宗一を見つめている蒼の姿が。宗一の目の中で、蒼は目を潤ませる。どうしようもない愛《いと》しさをにじませて。

蒼は震える唇を開いた。

「あなたのことをお慕いしております。宗一さまのお心が、私になくとも……私、あなたのことを……おそらくは、あなたが、栞《しおり》を贈ってくださったころから、あなたを……」

言葉でなぞっていくうちに、自分で自分の恋心が腑《ふ》に落ちる。

栞にしていた短冊を何度も、何度も読み直していたとき。

芝居小屋にやってきた宗一が蒼の手を握り、『見る』ように言ってくれたとき。

闇から染み出たような紋付きを着て、真っ赤な紅葉の前に立った宗一を見たとき。

秘密の書斎で、知識豊かな宗一と数々の他愛のないやりとりをしたとき。

うっすらと汗をにじませて寝台に横たわる彼をのぞきこんだとき。

教壇の上と下で向き合って、そっと視線を重ね合わせたとき。

ダンスの練習で体をそわせたとき。

そして、今。

蒼は宗一が好きだ。

大好きだ。

この世で一番、あなたが好きだ。

そう思って宗一を見上げた蒼は、唐突に『あること』に気付いてしまった。

「宗一さま。宗一さまは……私と、同じ目をされているのですね……？」

蒼が不思議そうに言う。

すると、宗一の険しい顔が一気にほどけた。

「さすが『サトリ』だ、蒼」

峻厳《しゅんげん》な山脈を思わせた顔が穏やかな熱を帯び、途方もなく優しく微笑む。切れ長の目はどこか色っぽく濡《ぬ》れて蒼の姿を映し、唇からこぼれる声は強い感情で揺れた。

宗一はドレス姿の蒼を抱き上げ、くるりと一回回って見せる。

「きゃ……！」

慌てて首筋にすがってきた蒼を軽々と抱きしめたまま、宗一は囁く。

「あなたがわたしと逃げてくれる、と言ったときから、わたしの心は、とうに禁忌を犯していたんだよ」

「禁忌というのはなんですか、宗一さま」

蒼の問いに、宗一はいささか苦笑した。蒼を地面に下ろして、そっとその手を取る。

蒼と同じ目が蒼を見下ろしている。隠しようもない熱をはらんだ目を細めて、宗一は言う。

「あなたが好きだ。側にいたい。今も、明日も……もう少し先も」

◇

さらさらと、川の流れる音がする。

「ようこそいらっしゃいました、城ケ崎さま」

深々と頭を下げたのは、茶屋の女将《おかみ》であろう。彼女が頭を上げるのとほとんど同時に、引き連れられてやってきた仲居達がわらわらと宗一と蒼に群がった。

「お荷物お持ちいたしますね」

「ささ、こちらへ。一番いいお席をとってございます」

「ありがとうございます。でも、大した荷物もございませんので……」

恐縮した蒼が言うと、隣で宗一がくすりと笑う。蒼は少々目尻を赤くして宗一を見上げ、こそこそと話しかけた。

「今のも、卑屈でしたでしょうか?」

「さて? ただの事実でもあるし、わたしは好きだよ。愛らしいから」

「そ、そうですか」

蒼は息を詰まらせて言い、視線を逃してしまう。

藤枝家が小火を出した騒ぎで夏が終わり、季節は再び秋になっていた。小火の裏であった銃撃戦や、その原因となったであろう暗殺未遂は、ひとつも表沙汰になることがなかった。新聞にはとんだ詐欺事件や、妖怪の仕業、と結論づけられるような他愛のない事件が踊り、その横には他人事《ひとごと》のように異国の戦争の記事が鎮座する。

『わたしのような人間は、新聞記事の行と行の間にいるのだよ』

そう言った宗一の言葉こそが、この世の真実なのだろう。この世には、見えないものがたくさんある。蒼の『サトリ』の目を持ってすら、とかく真実は見えにくい。

「蒼はまた、何か難しいことを考えているのかい？」

声をかけられて顔を上げると、宗一が面白そうに目を細めて見下ろしている。

蒼は慌てて首を横に振った。

「え？　いえ、まったく。ただ、宗一さまのことを考えておりました」

「そうか。ならばよろしい」

宗一は鷹揚《おうよう》ぶって言い、蒼の手を取った。そんな、人前で、と蒼が抵抗する間を与えず、宗一は蒼の手を引いて仲居の後に続いた。

「こちらのお部屋でございます」

磨き抜かれた廊下を抜けると、若草色の着物姿の仲居が、恭しく襖《ふすま》を開ける。

途端に錦絵が目に飛びこんできた。

案内された部屋は滝野川《たきのがわ》沿いの一室だ。障子が大きく開け放たれており、水辺の景色がぱっきりと切り取られて見える。水の青へしなだれかかる木々の葉はあざやかな赤や黄色に染まり、まさに一幅の絵であった。

「まあ……なんてきれい」

月並みな感想しか出てこなくて、蒼はなんとももどかしいものを感じる。

「ではどうぞ、ごゆっくり」

　仲居はひたすらに低姿勢で去って行き、襖を閉める音と同時に蒼と宗一はふたりきりになった。宗一は蒼の隣に歩み寄ると、景色を見ずに蒼を見た。

「気に入ったかい？」

「それはもう！　こんなところ、お大尽か外国からのお客さましか行けないのだとばかり思っていました」

蒼は熱心に言い、目の前の紅葉に目を奪われている。そんな彼女のまとうのは、かぎりなく白に近いクリーム色の洋装である。バッスルスタイルのドレスにスーツ風の上着をあわせたヴィクトリアンスタイルは、蒼くらいの背丈がなくては決まらない。

同じく洋装に身を包んだ宗一は、さも面白そうにくすりと笑った。

「傍目《はため》にはあなたは、お大尽の奥さまか、外国のお嬢さまなのだけれどね」

「それはもう、宗一さまが横にいてくださいますし。仕立屋さんの腕も本当によろしくて、毎回感動してしまいます、私」

蒼は心の底から言ったが、宗一は小さなため息を吐く。

また何かおかしなことを言ってしまったのだろうか、と蒼は身を縮めた。

間を置かず、宗一は蒼の腰に腕を回して、引き寄せてしまう。

「きゃ……！」

抵抗する間もなく、蒼は宗一の腕に収まった。

宗一はしっかり蒼を捕まえたまま、少し強い口調で言う。

「蒼、わたしを見て」

「は、はい」

蒼は素直に宗一を見上げた。このひとの顔を見慣れることがあるのだろうか、と思うくらい好きな顔が自分を見つめている。その瞳は強い意志を宿しているが、今はまったく鋭くない。どちらかといえば澄んだ湖水のように、くっきりと蒼の姿を映し出している。

宗一の瞳に映る蒼は、文句なく美しい姫君だった。

「わたしの眼《め》に映る蒼が見えたかい？」

宗一に言われて、蒼はほんのりと赤くなる。

「はい。その……」

「安心しなさい。あなたは充分に美しい。そのことを、一生かけて教えてあげる」

静かな力をこめて言い、宗一は蒼の前髪を整えた。とんでもなく甘い言葉だったけれど、蒼はそれより、彼が今までより少し先の未来を語るようになったのが嬉しい。

一生。誰にとっても、いつ終わるか知れない、その期間。

炎の中からすくいとった、かけがえのない、二人の時間。

「ありがとうございます。その一生を、できうる限り、お助けいたします」

蒼が告げると、宗一はにっこり笑って蒼を放した。

二人はどちらともなく、用意された真っ赤な座布団に腰を下ろす。お互いが黙りこむと、外から軽やかな笑い声や、遠く鉄道の汽笛が聞こえてきた。このあたりは江戸時代は穏やかな田園だったというが、今では鉄道が通ってずいぶん気楽な観光地となった。飛鳥山に登れば、煉瓦《れんが》造りの工場も見える。

ただ、ここから見る川の景色は江戸時代と同じではないのだろうか。

川は流れ、人生は続いていく。

川のせせらぎを見下ろしながら、宗一がのんびりと言う。

「結婚しようか、と言いたいところだが、もう結婚してしまっているからな」

「そうですね。素晴らしいお式でした」

あれからもう一年になるのだな、と思いながら、蒼が返す。

宗一は脇息《きょうそく》に肘を預けつつ、少し面白そうに聞いてきた。

「本当にそう思うかい？」

言われて当時のことを思い出すと、確かに色々あったような気がする。呪いだの、妾《めかけ》の子だの、電信柱だの。今となってはかわいく思える様々に、蒼は小さく笑った。

「今こうして二人でいる瞬間のほうが、素晴らしいのは確かです」

「うん。そうだね」

宗一は穏やかに蒼を眺め、ふと、上着のポケットに手を入れた。

「手を出して、蒼」

「はい。こうでしょうか？」

何がなにやらわからないまま、蒼は何かを受け取る形で手を差し伸べた。宗一はポケットから出した天鵞絨《びろうど》張りの小箱を開けると、きらり、きらりときらめく何かを取り出した。そうして蒼の手を取り、くるりと表裏を逆にする。

宗一の骨張って長い指が、蒼の試薬で荒れた指に金属の輪を通した。

「これは……」

指にぴったりとはまった、冷たい金属。

蒼は不思議そうに手を翻し、ためつすがめつ眺めてみた。そのたびに、指輪にはめられた小さくて透明な石が華やかにきらめく。美しいものではあるが、慣れない感覚だ。

戸惑う蒼とは対照的に、宗一は満足げにしている。

「結婚指輪とでも言うのかな。結婚しているという証《あかし》だ。欧羅巴では普通だよ」

「結婚しているという証」

そう口に出してみると、途端に指にはまったものが温かく感じられた。これは、証なのだ。自分たちが結婚し、共に生きていくという証。一年前の結婚式のときに為《な》された約束を、確かなものとして結び直すための品なのだ。

「守られているような気持ちになりますね」

自然とゆるんだ唇で囁くと、宗一が小箱を差し出してきた。

見れば、そこにはもうひとつ、ひと回り大きい指輪が入っている。

「わたしにもつけてくれるかい？」

そう言った宗一は、先ほどまでのからかうような調子ではなくなっていた。姿勢を正し、どこか厳かな様子ですらある。

「はい」

蒼もつられて背筋を正し、注意深く指輪をつまみ上げた。

差し伸べられた宗一の手を取り、薬指に指輪を通す。硬くて冷たい指輪だが、これもすぐに宗一の体温と同じになるのだろう。

指輪が通っていく。

ぴたり、と、あるべきところに指輪がはまる。

なぜだろう、途端に自分の薬指も熱くなった。繋がっている、と思う。指輪と指輪で、宗一と自分は繋がっている。お互いの一生を守るという約束で繋がっている。心臓が軽快に音を立て、温かい血を吐き出していく。

蒼、と呼ばれた気がした。

実際には宗一は黙っていたけれど、心で呼ばれたのがわかった気がした。

蒼は宗一の手から、宗一の顔へ視線を上げる。骨張った指が優しく蒼の後れ毛を押しのけて、顔と顔が近づく。何が起こるのかは、薄々わかっていた。

唇と唇が重なるのだ。それが、今は自然に思える。

あと、すこし。

もうすこし。

そのとき。

「どなたか！　お医者さまはいらっしゃいませんか!?」

廊下のほうで、仲居が叫ぶ声がした。蒼ははっと目を見開き、その場に立ち上がる。

他の部屋で急病人が出たのかも知れない。店内は一気に騒然とした雰囲気だ。

蒼は廊下に面した襖と、宗一の顔を見比べた。

「あの……」

宗一はくすりと笑い、うなずく。

「行きなさい」

「ありがとうございます……！」

蒼は大急ぎで襖にとりつくと、廊下へ出て叫ぶ。

「私、学生ですが、多少の医学の心得がございます！　患者さんはどちらですか？」

駆けだして行く蒼を、宗一はまぶしそうに見つめていた。

川面《かわも》から涼やかな秋の風が座敷《ざしき》に吹き込み、ひらり、宗一の前に紅葉を落とす。宗一はゆるりと紅葉を拾い上げた。その真っ赤な色が瞳に映る。炎にも似た、命の色だ。

「行っておいで、わたしの蒼」

宗一はかすかな力をこめて囁き、紅葉に軽く口づけをした。

あとがき

メディアワークス文庫で本を出させていただくのは初めてになります。栗原《くりはら》ちひろと申します。元々一九〇〇年前後くらいの時代感が好きで、ヴィクトリア朝ものなども書いておりました。いつかは明治、大正ものも……と思っていたので、今回形にすることができて、とても嬉《うれ》しく思います。

今回の原稿を書きながらいつも頭の端にあったのが、大正生まれの女医であった祖母のことです。祖母の死の間際、私は父からの依頼で祖母の人生の聞き取りをしておりました。そのとき聞いた、女子医学生たちの姿。勉学のために習ったドイツ語でふざけあい、忙しい日々の合間に歌舞伎を見に行ってはしゃぐ……そんな姿を、蒼《あおい》たちにも映し出せていたら最高だな、と勝手に思っております。

最後に、ご尽力いただきました編集さんたち、関係者の方々、そして素晴らしい画《え》をくださいました萩谷《はぎや》薫《かおる》さま、何よりも今、この本を手に取ってくださっている読者さまに、心よりの感謝をささげつつ。

いずれまた、お会いできますように。

栗原ちひろ

＜初出＞

本書は書き下ろしです。

この物語はフィクションです。実在の人物・団体等とは一切関係ありません。

◇◇メディアワークス文庫

サトリの花嫁《はなよめ》

～旦那様《だんなさま》と私《わたし》の帝都《ていと》謎解《なぞと》き診療録《しんりょうろく》～

栗原《くりはら》ちひろ

2023年 2 月25日　初版発行
2024年 4 月30日　3 版発行

発行者　山下直久
発行　株式会社**KADOKAWA**
〒102 - 8177　東京都千代田区富士見2 - 13 - 3
0570-002-301（ナビダイヤル）
装丁者　渡辺宏一（有限会社ニイナナニイゴオ）
印刷　株式会社KADOKAWA
製本　株式会社KADOKAWA

Printed in Japan
ISBN978-4-04-914944-9 C0193

メディアワークス文庫　https://mwbunko.com/

本書に対するご意見、ご感想をお寄せください。

あて先
〒102-8177　東京都千代田区富士見2-13-3
メディアワークス文庫編集部
「栗原ちひろ先生」係